DOROTHEA BÖHME

Tragödienstadl

BÜHNE FREI FÜR MORD Lendnitz' kultureller Höhepunkt naht. In zwei Wochen erfolgt die Premiere des Bauernschwanks »Romeo und Julia im Jauntal«. Das Stück handelt von Verwechslungen, der Dorfpolitik und natürlich von der Liebe. Doch was auf der Bühne Erwähnung findet, lassen einige Darsteller abseits davon vermissen. Nicht jeder der Laienschauspieler ist glücklich über seine Rolle. Allen voran Martin, der Postbote von Lendnitz – er ist nur der Mercutio. Aber auch Peter Brandtner, der Mann der Bürgermeisterin, ist unzufrieden. Nicht einmal drei Sätze fallen auf seine Rolle als namenloser Diener. Was läge da näher, als seinem Glück ein wenig auf die Sprünge zu helfen. Winkt doch dem Hauptdarsteller ein Kuss von der Dorfschönheit Valeria.

Dorothea Böhme, geboren 1980 in Hamm, zog es für ihr Studium weit in die Welt hinaus. Nach Aufenthalten in Tübingen, Quito und Triest kam sie schließlich nach Klagenfurt. Sie schloss Kärnten schnell in ihr Herz, weshalb sie das Bundesland zum Schauplatz ihrer Kriminalromane machte. Zuletzt unterrichtete sie Deutsch an der Universität Szeged im Süden Ungarns.

Bisherige Veröffentlichungen im Gmeiner-Verlag:
Wer mordet schon in Kärnten? (2015)
Meuchelbrut (2014)
Sauhaxn (2012)

DOROTHEA BÖHME

Tragödienstadl

Kriminalroman

GMEINER SPANNUNG

Besuchen Sie uns im Internet:
www.gmeiner-verlag.de

Im Ehnried 5, 88605 Meßkirch
Telefon 07575/2095-0
info@gmeiner-verlag.de

1. Auflage 2015

Lektorat: Sven Lang
Herstellung: Julia Franze
Umschlaggestaltung: U.O.R.G. Lutz Eberle, Stuttgart
unter Verwendung eines Fotos von: © kemai / photocase.de
Druck: GGP Media GmbH, Pößneck
Printed in Germany
ISBN 978-3-8392-1747-4

Personen und Handlung sind frei erfunden.
Ähnlichkeiten mit lebenden oder toten Personen
sind rein zufällig und nicht beabsichtigt.

Die Lendnitzer Bauernburschen spielen: Romeo und Julia im Jauntal

ein Kärntner Trauerspiel von Gerhard Seiler

Dramatis personae

Ansager – Regina Ochsenhuber
Landeshauptmann – Regina Ochsenhuber

Zwei verfeindete Höfe:

Montaguehof
Bäuerin Montague – Marisella Kleinschmidt
Ihr Sohn Romeo – Walter Kirschner
Mercutio, Freund Romeos – Martin Riedl

Capulethof
Bauerstochter Julia – Valeria Hausbichler
Tybalt, Vetter Julias – Daniela Berger
Julias Amme – Anna Deixler
Ein Diener – Peter Brandtner

Lorenz, ein Franziskanermönch – Regina Ochsenhuber
Apotheker – Regina Ochsenhuber
Bürger – Daniela Berger, Martin Riedl, Peter Brandtner

Regie: Gerhard Seiler
Regieassistenz: Angelika Fellner

Romeo und Julia
und die Amme
im Jauntal

Ein Kärntner Trauerspiel von Gerhard Seiler
Eine Aufführung der Lendnitzer Bauernburschen

Mitwirkende:
Walter Kirschner als Romeo
Valeria Hausbichler als Julia

In weiteren Rollen:
Marisella Kleinschmidt, Martin Riedl
Daniela Berger, Anna Deixler
Regina Ochsenhuber, Peter Brandtner

Regie:
Gerhard Seiler
Assistenz:
Angelika Fellner

Premiere: Donnerstag, 27. August 2015
20 Uhr
Alte Scheune Eisner
Feldweg 3

Abendkasse: 7,00 Euro

So trübe Zeit gewährt nicht Zeit zu Frein

(William Shakespeare: Romeo und Julia, 3. Aufzug, 4. Szene)

Beate Brandtner schob ihre Lesebrille ein wenig die Nase hinunter und beugte sich gemeinsam mit ihrer Sekretärin Franziska Lehner über das Poster. »Davon haben wir 50 Exemplare gedruckt?«

»75.«

»Auf allen wurde nach dem Druck ›und die Amme‹ handschriftlich drübergekritzelt?«

»Ohne Ausnahme.«

»Und wir haben keine Idee, wer das war?«

»Keine.«

»Was ist mit der Amme, wie hieß sie gleich, Anna …«

»Deixler«, ergänzte Franziska.

Es ging doch nichts über eine gut organisierte Assistentin, dachte Beate und gratulierte sich selbst für ihren Spürsinn, Franziska damals eingestellt zu haben.

»Ich habe mit ihr gesprochen«, fuhr die Sekretärin fort. »Sie ist empört, wie wir ihr so etwas unterstellen können. Verweist auf ihre zahlreichen Fans.«

»Auf ihre …? Ich verstehe.« Beate richtete sich auf, rollte das Poster zusammen und drückte es Franziska in die Hand. »Neu drucken.«

»Aber das Budget …«

»Oh Gott, ich weiß. Ich habe es doch selbst aufgestellt.

Neu drucken.« Sie drehte sich um und setzte sich auf ihren Schreibtischsessel.

Das Theaterstück musste ein Erfolg werden. Beate war nicht nur die erste Frau im Bürgermeisteramt, die Lendnitz je hatte, sie würde auch die letzte bleiben, wenn sie im bevorstehenden Wahlkampf ihren jungen, dynamischen Konkurrenten nicht ausstechen konnte. Es kursierten Gerüchte im Gemeinderat, dass dieser Kevin Eisinger einen Freizeitpark in Lendnitz bauen wollte. Völliger Blödsinn, kam aber natürlich gut an. Blödsinn schien im Wahlkampf oft zu ziehen.

Ursprünglich war ›antizyklisch‹ ihr Schlagwort gewesen, und sie hatte kurzerhand die Kulturförderung, die überall im Land Kürzungen über sich ergehen lassen musste, zur Priorität gemacht. Ihr Ass im Ärmel war das neu eingerichtete Theater, die Lendnitzer Bauernburschen. Lendnitz als kulturelles Zentrum der Region. Und dann kam der Jungspund mit seinem eigenen kulturellen Vorhaben. Beates Theater musste ein Erfolg werden. Sie würde auch wiedergewählt werden und es ihren Kritikern zeigen.

»Ach so.« Zögerlich blieb Franziska in der Tür stehen. »Wer soll die Plakate eigentlich aufhängen?«

Beate wandte sich ihr zu. »Na, es war doch abgemacht, dass die Schauspieler …«

»Die Schauspieler lassen ausrichten, dass sie – ich zitiere – ›ja nun wirklich Wichtigeres zu tun haben, als ein paar läppische Poster anzupicken.‹ Und sie lassen fragen, wo denn unsere PR-Spezialisten wären.«

»PR-Spezialisten?«

»Um das Lendnitzer Bauerntheater im Land bekannt zu machen.«

»In ganz Kärnten?«

»In ganz Österreich, Frau Bürgermeisterin.«

»Ich … verstehe.« Sie verstand nicht. Beate blinzelte, machte eine Pause und legte den Kopf schräg.

Franziska stand abwartend in der Tür.

»Sind die eigentlich übergeschnappt?«, fragte Beate schließlich.

»Eindeutig. Größenwahnsinnig, durchgeknallt mit Starallüren. Nächste Woche wollen sie ein Dampfbad hinter den Kulissen und nur mehr Mineralwasser aus Himalaya-Quellen.«

»Okay.« Beate nickte. Damit würde sie fertig werden. Die Wörter Kapriolen und Extravaganzen konnte sie im Schlaf buchstabieren, sie war mit einem Beinahe-Adeligen verheiratet.

»Frau Bürgermeisterin?« Kaum hatte sie das Büro verlassen, kam Franziska wieder zurück. »Chefinspektor Wilkinson ist hier. Wegen des Umbaus im Polizeirevier.«

Beate zog eine Grimasse. Chefinspektor Wilkinson. Allein schon dieser alberne Name. Das klang so nach Edgar-Wallace-Film. Für den konnte er natürlich nichts, aber dennoch. Während der alte Reichel komplett untätig gewesen war und sie ihn nie zu Gesicht bekommen hätte, wenn sie nicht hin und wieder auf dem Polizeikommando aufgetaucht wäre, wuselte Wilkinson ihr alle naselang vor den Füßen herum.

»Frau Bürgermeisterin?«

»Ich komm ja schon!«

»Kevin Eisinger hat auch nach einem Termin gefragt.«

Beate stöhnte. Das würde ein langer Tag werden.

15. Probe: Dienstag, 11. August

VORSPRUCH

…

REGIE *räuspert sich.*

…

REGIE:
Ansager!

ANSAGER *hetzt auf die Bühne, blickt sich um.*
Huch. Bin ich schon dran?
(Hustet.)
Zwei Höfe, gleich an Würde und Gebot, euch im Jauntal unser Spiel entdeckt: Wie altem Hader neuer Hass entloht, mit Bauernblut sich Bauernhand befleckt.
Wie aus der Feinde …

BÄUERIN CAPULET *stürmt auf die Bühne:*
Angelika, mein Rock kneift! Größe 38 hatte ich gesagt, hier auf dem Schild steht 42 und er ist trotzdem zu eng.

BAUER ROMEO *aus dem Off:*
Friss halt net so viel!

ANSAGER *tapfer:*

… unheilschwangerm Schoß – unsternverfolgt …

BÄUERIN CAPULET:

Das muss ich mir bieten lassen? Beleidigungen vor allen Leut? Regie!

REGIEASSISTENZ:

Er will dich doch nur auf den Arm nehmen! Bei dir ist kein Gramm Fett zu viel!

BAUER ROMEO *lachend aus dem Off:*

Na, eh kiloweise!

BÄUERIN CAPULET:

REGIE!

REGIE *lacht.*

REGIEASSISTENZ:

Ich kümmer mich um den Rock. Da muss irgendwas mit den Schildern vertauscht worden sein. Ah, und könnte der Romeo vielleicht hinter der Bühne schweigend auf seinen Einsatz warten? Gemeinsam mit unserer Gräfin, äh, Bäuerin Capulet? Wir sind noch in der ersten Szene. Ansager bitte!

ANSAGER:

… ein Liebespaar … entspringt? Ach, dieser todgeweihten Liebe Lauf, des Elternhasses Wüten, dem ein Ziel der beiden Tod nur setzt – … Tod nur setzt …

REGIEASSISTENZ:

… all das zeigt auf …

REGIE:
Ich mach mal Pause.
(Zur Regieassistenz:)
Du schaffst das schon allein.

ANSAGER:
… all das zeigt auf … all das zeigt auf … zwei Stunden lang der Bühne buntes Spiel!
(Ab)

Auftritt MERCUTIO
MERCUTIO:
Wieso bin ich Mercutio und nicht Romeo?

REGIEASSISTENZ *seufzend*:
Der Mercutio ist eine hervorragende Rolle und der Liebling des Publikums!

MERCUTIO:
Aber der Romeo darf die schöne Valeria küssen. Und der Walter ist eh viel zu dick.

BÄUERIN CAPULET *aus dem Off*:
HA!

REGIEASSISTENZ:
Nach den Sprechproben haben wir beschlossen …

DIENER *aus dem Saal*:
Du hast wenigstens eine richtige Rolle! Ich bin der DIENER!

MERCUTIO:
DU kannst ja auch nicht schauspielern, aber ICH …

ROMEO:
Jetzt halt die Goschen, die schöne Valeria küss ich.

MERCUTIO:
Ach ja? Was willst du blade Sau eigentlich?

BÄUERIN CAPULET *aus dem Off:*
HAA!

MERCUTIO:
Glaubst du, du kannst dich mit mir anlegen?

ROMEO *betritt die Bühne:*
Komm doch her, wenn du dich traust!
(Schubst Mercutio.)

REGIEASSISTENZ *springt zwischen die beiden.*

JULIA *betritt die Bühne:*
Was ist denn das für ein Kindergarten hier?
(Wirft die Arme in die Luft.)
Wenn ihr vernünftig proben wollt, komm ich wieder, derweil lern ich meinen Text. WIE EIN PROFI!
(Stürmischer Abgang.)

REGIEASSISTENZ:
Valeria!
(Seufzt, blickt sich um.)
Vielleicht könnten wir dann mit der nächsten Szene weiterma-

chen? Wo ist denn unser Fürst, äh, Landeshauptmann? Außerdem sollte jemand Valeria beruhigen, ich denke …

ROMEO:
Ich geh schon.

MERCUTIO:
Das könnte dir so passen! Nein, das mach ich! Vielleicht hat sie ja auch Probleme mit ihrem Rock, äh, Kostüm, also da könnt ich ihr dann auch helfen.

REGIEASSISTENZ:
(Blinzelt verwirrt.)
Ich denke, es wäre wohl besser, ich gehe selbst …

BÄUERIN CAPULET:
Angelika! Du bist die Regieassistentin! Was sollen wir ohne dich machen?

REGIEASSISTENZ *resigniert:*
Ja … was nur …

LANDESHAUPTMANN *hetzt auf die Bühne:*
Bin ich schon wieder dran?

Die Probe war wieder grauenhaft verlaufen. Valeria stand vor dem Spiegel und zerrte an der viel zu engen Schnürung ihres Kostüms. Im Umkleideraum auf dem umgebauten Dachboden der Eisner-Scheune war es viel zu heiß, und das Dirndl ließ ihr kaum Luft zum Atmen. Die hätte sie bei der ganzen Aufregung unten auf der Bühne aber wirklich gebraucht. Sie sah in den Spiegel, doch der half ihr nicht wirklich dabei, die Kordeln auseinanderzufädeln.

›Die schöne Valeria‹, so nannten sie sie in Lendnitz. Und das nicht ohne Grund: Dunkle große Augen, kastanienbraunes glänzendes Haar, eine ebenmäßige Haut, volle Lippen, und in dem Dirndl, das sie als Jauntaler Julia trug, kam auch ihre schlanke, an den richtigen Stellen großzügig gerundete Figur bestens zur Geltung. Ja, das Schicksal hatte es gut gemeint mit ihr, sie war schön, ganz gleich in welchem Auge des Betrachters.

Natürlich spielte sie die weibliche Hauptrolle, sie war schließlich die beste Schauspielerin weit und breit. Trotzdem schien ihr Können für die Rolle nicht ausschlaggebend gewesen zu sein. Beim Vorsprechen hatte ihr jeder Mann nur auf das Dekolleté gestarrt. Der Regisseur hatte einen glasigen Blick bekommen und gemurmelt: »Da muss die Kostümbildnerin dem Dirndl unbedingt einen großzügigeren Ausschnitt schneidern.«

Walter Kirschner und Markus, nein, Martin Riedl hatten eifrig genickt, und so war es beschlossene Sache.

Allerdings gab es keine Kostümbildnerin. Es gab auch keine Bühnenbildnerin, keine Souffleuse und keine Maskenbildnerin. Diese Aufgaben sollten die Schauspieler selbst übernehmen, die sie wiederum großzügig auf die Regieassistentin Angelika übertrugen.

Die Rolle der Julia hatte Valeria dann also mit einer anzüglichen Bemerkung bekommen, und seitdem trug sie das Textheft von ›Romeo und Julia im Jauntal – Ein Kärntner Trauerspiel von Gerhard Seiler‹ mit sich herum. Offenbar im Gegensatz zu allen anderen Darstellern, von denen kaum einer seinen Text konnte. Aber Valeria wollte sich beweisen, es war Zeit, dass Lendnitz auch hinter ihre Fassade blickte und ihr Talent erkannte: Was nützte es ihr zu wissen, dass sie etwas konnte, wenn der ganze Ort sie dennoch nur als fesche Hülle wahrnahm?

Sie probierte, die Schleife ihres Kostüms zu lösen. Das Dirndl, das sie sich selbst ausgesucht hatte, war von Gerhard – unter erneutem eifrigem Nicken von Walter und Martin – als altbacken und langweilig verworfen worden. Jetzt musste Valeria sich mit diesem viel zu kurzen, viel zu weit ausgeschnittenen Hauch von Spitze herumschlagen, deren Schnürung sich mit ihren kurzen Fingernägeln einfach nicht öffnen ließ.

»Kruzifix!«, fluchte sie und hielt inne, als sie Schritte auf dem Flur hörte.

»Kann ich dir helfen?« Angelika stand in der Tür.

»Dich schickt der Himmel!« Valeria deutete auf den Knoten, der ihre Brust zuschnürte.

Angelika lächelte unsicher. Valeria schüttelte ihre langen Haare und strich sie sich über die Schulter zurück, damit sie nicht im Weg waren.

»Ich habe ziemlich kurze Fingernägel«, murmelte Angelika, beugte sich dann aber vor, um den Knoten genauer ansehen zu können.

»Ich krieg's sowieso nicht hin.« Valeria zuckte mit den Schultern, dann hielt sie still, damit Angelika arbeiten konnte. Valeria betrachtete die junge Frau, der sie bisher kaum Aufmerksamkeit geschenkt hatte. Gerhard war so raumgreifend, da war seine Assistentin trotz ihrer Fähigkeiten – zumindest hatte sie Valeria bisher sinnvolleres Feedback gegeben, als lediglich ihre Brust noch weiter herauszustrecken – ein bisschen untergegangen. Sie war ungefähr so groß wie Valeria, vielleicht sogar ein paar Zentimeter größer, und hatte kurze dunkle Haare, die leicht verstrubbelt vom Kopf abstanden.

»Du bist wirklich gut. Im Schauspielern, meine ich«, sagte Angelika fast erstaunt und zupfte an einem Schnurende.

»Ich bin nicht nur schön, ich kann auch was. Äußerst ungewöhnlich.« Im gleichen Augenblick tat ihr die schnippische Antwort leid. Die Regieassistentin war schließlich eine der wenigen, die sich für ihr tatsächliches Talent interessierten.

Angelika blickte hoch, ihre Wangen waren leicht gerötet. »Du bist schon etwas Besonderes, das stimmt. Obwohl ich als Regisseurin viele Frauen kenne, die sowohl schön als auch talentiert sind.«

Valeria verzog den Mund. Da konnte was dran sein. In Wien liefen sicher einige mehr davon herum als in Lendnitz. »Bei wie vielen Stücken hast du schon Regie geführt?«

Jetzt kniff Angelika die Augen zusammen und biss sich auf die Lippen. »Erwischt. Das ist mein erstes richtiges Engagement nach der Uni.«

»Angelika!« Regina Ochsenhuber, die die vielen winzigen Rollen spielte, kam in den Raum gestürzt. »Meine Perücke löst sich auf!« Sie hielt den grauen Haarwuschel, den sie als Mönch und Apotheker trug, in die Höhe.

»Das tut mir leid.« Angelika besah sich das Ding. »Vielleicht könntest du hier und dort mit ein bisschen grauer Wolle …«

»Ich?«

»Wer sonst?«, fragte Angelika.

»Ich bin Schauspielerin!« Regina drückte Angelika die Perücke in die Hand und stürmte aus dem Zimmer.

»Na, und du bist die Regieassistentin«, grummelte Valeria.

»Das Mädchen für alles.« Angelika steckte die Perücke ein und kehrte zu Valerias Kostüm zurück.

»Hast du Schauspielregie studiert?«, fragte Valeria.

Angelika nickte. »In Wien. So habe ich dann auch Gerhard kennengelernt.«

»Angelika!«, rief Walter Kirschner vom Flur aus. »Meine Krawatte hat einen Fleck. Der Peter hat …«

»Der Peter hat gar nichts«, mischte sich Peter Brandtner ein. »Ich will aber auch eine Krawatte.«

Die beiden rangelten an der Tür um die beste Aussicht auf Valeria und ihr halb ausgezogenes Kostüm.

»Ein Diener braucht keine Krawatte«, sagte Walter.

»Wohl.«

Valeria verzog das Gesicht und drehte sich um. Angelika zuckte entschuldigend mit den Schultern. »Ich schau mal nach.«

Sie schob die beiden aus der Tür. Etwa eine Minute später war sie mit einer Krawatte ums Handgelenk wieder da.

»Wieso kann der seine Krawatte nicht selbst waschen?«, fragte Valeria.

»Er ist Schauspieler!« Mit gespielter Entrüstung hielt Angelika beide Hände von sich weg. Dann nahm sie den vorherigen Gesprächsfaden wieder auf. »Gerhard war ein echter Glücksfall für mich. Er gibt gern einmal jungen Absolventen eine Chance. Und vor Theaterdiven hat er mich auch gewarnt.« Sie zwinkerte Valeria zu.

Valeria nickte zweifelnd. Sie war sich noch nicht sicher, was sie von Gerhards Talenten als Regisseur halten sollte. Sicher, er hatte ihr die Hauptrolle gegeben, aber das hätte auch ein Tauber, wenn er nur einen Blick auf sie geworfen hätte.

»Angelika!« Marisella Kleinschmidt hüpfte auf einem Bein herein. »Ich kann meinen Schuh nicht finden. Wo ist mein Schuh?«

»Vermutlich da, wo du ihn ausgezogen hast? Herrgott noch mal, kriegt hier jemand auch mal allein was auf die Reihe? Das ist ja wie im Kindergarten«, explodierte Valeria.

Marisella blieb stocksteif stehen. Dann hob sie das Kinn. »Du brauchst dich gar nicht so aufzuführen, als wärst du was Besseres!« Damit drehte sie sich um und hüpfte aus dem Raum.

Valeria sah zu Angelika, die gerade die letzte Verknotung löste. »Entschuldigung«, sagte sie. »Ich bin genauso schlimm.«

»Bist du nicht.« Angelika lächelte. »So, fertig. Einem schönen Abend voller Unternehmungen steht nichts mehr im Wege.«

»Danke.« Valeria schlüpfte aus dem Dirndl und in ihre eigenen Sachen. »Wir sehen uns am Freitag zur Probe?« Sie winkte noch einmal zum Abschied, dann griff sie nach ihrer Handtasche und dem Smartphone darin. Zwölf WhatsApp-Nachrichten, sieben Anrufe und drei SMS in der letzten Stunde, in der sie das Telefon nicht in der Hand gehalten hatte.

Nun ja, es war Dienstag, da planten die Männer den Samstagabend noch nicht. Ab morgen würde es richtig losgehen.

Sie wickelte eine Haarsträhne um den Finger und ließ das Handy zurück in die Tasche gleiten, während sie die Stiegen vom Scheunenboden zum Saal hinunterlief. Mit wem sollte sie weggehen, von wem sich ins Kino einladen lassen? Martin, Walter, Robert, Fritz, ach, die waren alle so langweilig. ›Valeria, du bist die Schönste‹ … Konnten die sich nicht etwas Neues einfallen lassen? Das wusste sie selbst. Vor allem wollte sie über das Theater sprechen, über Shakespeare, aber da schien sie die Einzige zu sein. Roland hatte ihr neulich ein Comicheft mitgebracht, »weil du doch so gerne liest.«

Nein, sie würde erst noch abwarten, wer sich morgen meldete, bevor sie antwortete. Bei so wenig Einfallsreichtum musste man die Männer zappeln lassen.

In den letzten Wochen hatte sie es sich angewöhnt, als SMS Zeilen der Rolle zu verschicken, die sie gerade lernte. Zuletzt hatte sie Hamlets Ophelia geprobt, sodass Manuel auf seine Frage nach einem gemeinsamen Kinobesuch die Antwort – *Mein Prinz, wie geht es Euch seit so viel Tagen?* – bekommen hatte und seitdem überall herumposaunte, die schöne Valeria schon beinahe herumgekriegt zu haben. Dem musste sie auf jeden Fall heute noch antworten. ›Oh welch ein edler Geist ist hier zerstört‹ wäre möglicherweise passend. Das ›edel‹ sollte sie vielleicht herausnehmen. Walter Kirschner wandelte die Texte auch immer um, wie es ihm gefiel.

»Valeria!«

Wenn man vom Teufel sprach …

Lächelnd – von den Kerlen bemerkte sowieso niemand, ob es aufgesetzt oder echt war – drehte sie sich um.

»Ach, du Schöne …« Er verlor sich einen Augenblick, dann straffte er die Schultern. »Wir sind weit hinter unserem Zeitplan, was die Proben angeht.«

Valeria nickte.

»Deshalb dachte ich, wir müssen unbedingt mehr Proben einschieben als geplant. Und da wir beide ja die Hauptrollen spielen …«

»Proben!« Valerias Augen leuchteten auf. Endlich einer, der die Sache genauso ernst nahm wie sie. »Klar! Private Proben einschieben? Uns in unsere Figuren einfühlen, ihre Beziehungsdynamik kennenlernen? Oh, Walter, auf jeden Fall!«

»Vor allem auch … weißt du, ich denke, die Kussszene, das ist sehr wichtig, dass die glaubhaft rüberkommt.«

»Ja, freilich.« Valeria nestelte schon an ihrer Tasche, um Stift und Terminkalender herausholen. Sie befeuchtete ihren Finger, blätterte in dem Büchlein und sah ihn aufmerksam an.

Sein Blick klebte an ihren Lippen.

»Walter?« Valeria rückte die Tasche auf ihrer Schulter zurecht. »Die Proben?«

»Die Kussszene.« Träumerisch legte er den Kopf schräg und lächelte.

»Ich weiß, die hat in den Proben bisher noch nicht so gut geklappt. Mit dem Anschmachten habe ich Probleme.«

»Ich nicht.« Walters Augen wirkten glasig.

»Wie wäre es am Sonntag in der Früh?« Sie machte sich eine Notiz in ihren Kalender, wobei sie ›Brunch mit Thomas‹ durchstrich. An den erinnerte sie sich ohnehin kaum mehr. War das der Kellner im Café Centrale?

»Sonntagfrüh. Wie romantisch.«

Valeria zog ihre Nase kraus. »Aber …«

»Für die Probe! Eh klar«, fügte Walter hinzu. »Für Romeo und Julia!«

»Für Romeo und Julia«, wiederholte Valeria nachdrücklich.

»Valeria! Walter!« Gerhard, der Regisseur, kam auf sie zu, Anna Deixler lief hinterher. ›Anna die Amme, das passt doch perfekt‹, hatte Gerhard beim Vorsprechen gesagt und gleich weitergewunken.

Bis auf die Begrüßung ignorierte Gerhard Walter dann jedoch vollkommen und stellte sich mit dem Textheft winkend neben Valeria. »Du, ich wollte noch mit dir sprechen. Wegen der …« Seine Augen glitten in ihr Dekolleté.

»Ich …«, begann Walter, wurde jedoch von Gerhard unterbrochen, der bei dem Wort wieder aufblickte.

»Dich brauchen wir nicht mehr«, sagte er und wedelte mit der Hand.

Walter zögerte kurz und runzelte die Stirn. Dann verabschiedete er sich.

»Sonntag ist also abgemacht. Unser kleines Rendezvous«, raunte er Valeria noch schnell zu und lief mit beschwingten Schritten zu seinem Auto.

»Ich wollte mit dir über dein Kostüm sprechen«, sagte Gerhard. »Ich denk, da geht noch etwas mehr Ausschnitt. Das wird der Wahnsinn.«

Bevor Valeria protestieren konnte, fuhr er fort: »Wir könnten dich ganz groß aufs Plakat bringen.«

»Und mich!« Anna stellte sich auf die Zehenspitzen und reichte Valeria doch nicht bis an die Nase.

Gerhard beachtete sie nicht. »Weshalb ich aber eigentlich mit dir sprechen wollte, mein Star!« Er grinste. »Ich habe gemerkt, dass dir die Kussszene mit Walter noch einige Probleme bereitet.«

»Walter und ich arbeiten bereits daran. Und heute Abend habe ich eine Übungsstunde eingeplant.« Oh Gott, er würde ihr die Rolle doch nicht wegnehmen? Es war nur die Kussszene, nur die Kussszene, den Rest konnte sie perfekt! Marisella, Anna, selbst Peter, der eigentlich gar keinen Satz zu sagen hatte, blätterten immer noch in ihren Textauszügen, während sie schon alles auswendig konnte. Marisellas Bäuerin klang affektiert, Annas Amme stockend, nein, Gerhard konnte ihr die Rolle nicht wegnehmen.

»Also, ich denke, bis zur Aufführung sollten wir verstärkt an dir arbeiten. Vielleicht mit einer Probe unter vier Augen?«

Valeria nickte.

»Ich denke, ich als Regisseur könnte dir noch den einen oder anderen Kniff beibringen. Wie wäre es mit einer etwas gelösteren Atmosphäre, vielleicht am Sonntagabend bei einem Glaserl Wein bei mir zu Hause?«

»Oh.« Sie blinzelte. Dann sah sie in ihrem Terminkalender nach. »Ich fürchte, da muss ich arbeiten.«

»Ich könnte am Samstag«, sagte Anna. Sie stand immer noch auf den Zehenspitzen und schwankte ein wenig. »Und ich muss auch ganz dringend proben.«

Gerhard ging wieder nicht auf sie ein. »Wann auch immer es dir passt, Valeria. Ich würde dir gern alles beibringen, was ich weiß.« Er lächelte ein seltsames Lächeln, das Valeria für einen Regisseur recht unpassend fand. Trotzdem: Er war Regisseur, und zwar ein erfahrener – aus Wien kam er! –, der hatte sicher einige Tipps und Tricks auf Lager. »Das wäre fantastisch. Ich kann am Sonntagnachmittag.«

»Ich komme auch!« Anna hielt sich an Valerias Schulter fest. »Ich bin die Amme.«

Valeria blinzelte wieder. »Das weiß ich doch.« Es wurde langsam Zeit, dass sie sich verabschiedete. Sie hegte inzwischen den Verdacht, dass Anna gern allein mit Gerhard wäre. Diesen Wunsch brachte sie zwar deutlich subtiler zum Ausdruck als beispielsweise Manuel Valeria gegenüber, aber Valeria war aufmerksam.

Sie biss sich auf die Lippe, um ein Lächeln zu unterdrücken. Gerhard schluckte.

Valeria winkte noch einmal zum Abschied, dann ging sie zu ihrem Auto. Anna und Gerhard. Wie lustig!

*

Beate rangierte ihren Einkaufswagen durch den engen Gang mit den Frühstücksprodukten. Der Feierabend machte sich auch beim Billa bemerkbar, wo halb Lendnitz gerade einzukaufen schien. Am Ende des Gangs wollte Beate zur Kassa abbiegen, da stieß sie mit einem anderen Einkaufswagen zusammen.

»Herr Chefinspektor!«

Der alte Reichel blickte grimmig über den Lenker seines Wagerls. Beate hatte immer schon den Eindruck gehabt, die ganze Welt sei sein Feind.

»Guten Abend, Frau Bürgermeisterin.«

»Wie ich sehe, brauchen Sie auch noch schnell etwas zum Abendessen?« Beate schielte in seinen Einkaufswagen, dann zog sie die Nase kraus. Drei Flaschen Gin und ein Netz Zitronen. Oh je. Der arme Mann schien abzurutschen. Gehörte er zu den Menschen, die nach ihrer Pensionierung keinen Halt mehr fanden, nicht wussten, was sie mit sich anfangen sollten, und schließlich dem Alkoholismus verfielen?

»Ihnen auch einen guten … Appetit.«

Beate blickte in ihren eigenen Wagen. Drei Flaschen Rotwein, zwei Weißweinflaschen, eine Flasche Grappa und ein Marillengeist. Schnell warf Beate noch eine Schachtel Cornflakes dazu. »Ich gebe einen Empfang im Rathaus.«

»Mit Cornflakes?«

»Die sind für meinen Mann.« Beate schaute auf die knallbunte Verpackung mit Kakadu, die mehr Spaß für unwillige Frühstückskinder versprach. »Und apropos: Er wartet auf mich.«

»Meine Frau ….«, Reichel sah auf seine Zitronen, »auch.« Der ehemalige Chefinspektor nickte ihr zu, dann lenkte er seinen Wagen am Müsli vorbei zu den Tiefkühlprodukten.

Gedankenverloren fuhr Beate zur Kassa. Vielleicht sollte sie ein Projekt initiieren für beschäftigungslose ältere Menschen? Irgendwas mit Reintegration in die Gesellschaft, dass sich die älteren Mitglieder ihrer Gemeinde wieder gebraucht fühlen. Sie musste das mal mit Franziska durchdenken, wenn die Sache mit dem Theater ausgestanden war. So lange konnte man Reichel möglicherweise seinen alten Assistenten hin und wieder vorbeischicken. Wenn der seinen ehemaligen Chef über die Vorgänge auf dem Polizeikommando auf dem Laufenden hielt – freilich keine heiklen Informationen, nur der alltägliche Klatsch und Tratsch –, freute das den alten Mann sicher.

Eine knappe halbe Stunde später stieß Beate, beladen mit zwei Plastiksackerln und den Autoschlüssel zwischen die Zähne geklemmt, die Fahrertür ihres Zweisitzers mit dem Fuß zu. Nach diesem stressigen Tag hoffte sie nur mehr auf Ruhe und ein Glaserl Rotwein auf der Couch.

Noch während sie die Stiegen hochlief, konnte sie Peter hören.

»*Was für ein Licht bricht aus jenem Fenster hervor? Es ist der Osten, und Julia ist die Sonne!*«

Sie stellte die Einkäufe ab und öffnete die Tür. »Peter, Schatz, ich bin zu Hause!«

»*Oh rede noch einmal, glänzender Engel!*«

Glänzender Engel? Das war neu. Beate schloss die Tür hinter sich, legte den Schlüssel auf die Kommode im Flur und trug die Lebensmittel in die Küche. Nachdem sie die Cornflakes in den Kasten gestellt hatte, ließ sie den Alkohol einfach auf der Arbeitsfläche stehen, schnappte sich die Flasche Rotwein und ging hinüber ins Wohnzimmer.

Peter stand auf dem Couchtisch, in der rechten Hand hatte er das Textheft, in der linken die Lesebrille, die er sich ab und zu vor die Augen hielt.

»Dass das aber auch so klein geschrieben ist«, meckerte er. »Wie soll ich denn da Valeria, also Julia natürlich, meine Liebe gestehen?«

»Ich glaube, das musst du gar nicht«, sagte Beate. »Soweit ich weiß, spielst du einen Diener. Ohne Text.«

»Einen Diener!« Er schnaubte und warf das Textheft auf den Boden. »Das muss man sich mal vorstellen! Ich, Peter Brandtner, ein Diener! Und das mit meinem Talent. Außerdem bin ich adelig!«

»Bist du nicht.« Eigentlich hatte Beate den Rotwein erst nach dem Abendessen öffnen wollen. Aber mittlerweile gab es bereits einen Anlass, nach dem Korkenzieher zu suchen.

»Allein wegen dieser misslungenen Weltkriege. Meine Vorfahren waren adelig!«

Sie nahm die großen Gläser. »Und arm wie die Kirchenmäuse.« Mit einem Ploppen zog sie den Korken aus der Flasche, stellte die Gläser auf den Tisch und goss sich selbst und Peter ein. Noch im Stehen trank sie den ersten Schluck. Der Wein war ziemlich gut, wenigstens das. Sie stieg aus ihren Pumps und ließ sich in die weiße Couch sinken.

»Nur aufgrund der damaligen unglücklichen wirtschaftlichen Lage. Wir Brandtners, eigentlich von Brandtners, waren immer schon hochwohlgeboren und sind rechts und links von Angestellten bedient worden.«

»Im 18. Jahrhundert.« Wobei Beate den Namen *von Brandtner* bezweifelte.

»Das sind doch Details!« Peter stieg vom Couchtisch, nahm sich sein Glas Rotwein und setzte sich neben sie. »Der Punkt ist vielmehr, dass ich, der von einem Dienstboten so weit entfernt ist wie du vom Kanzleramt« – Beate trank einen großen Schluck und schenkte nach – »dass also ausgerechnet ich einen Diener spiele. Einen Knecht, um genau zu sein! Das ist spiegelverkehrte Geschichte! Da hätte der Haider ja gleich eine kommunistische Partei gründen können!«

»Unglaublich«, murmelte Beate.

»Weißt du, wie mein einziger Satz im gesamten Stück lautet?« Er stellte sein Glas auf den Couchtisch und drehte sich zu ihr.

»Ich dachte, du hättest gar keinen Text?« Und das war schon schwierig genug für ihn.

»Mein einziger Satz besteht aus einem unterwürfigen *Sehr wohl, der Herr. Sehr wohl, der Herr*! Ich habe in meinem ganzen Leben noch nicht *Sehr wohl, der Herr* gesagt, so einen Satz kann ich nicht einmal *denken*!«

Da hatte Peter nun allerdings recht. Er konnte auch nicht *bitte*, *danke* oder *gern geschehen* sagen. Überhaupt war seine Erziehung, was Höflichkeiten anbelangte, tatsächlich sehr … aristokratisch-anarchisch. Sie seufzte. Es war nicht das erste Mal, dass ihr der Begriff ›Scheidung‹ durch den Kopf ging. Weshalb hatte sie da nie näher drüber nachgedacht? Beate verscheuchte den Gedanken und wechselte das Thema: »Wie war denn die Probe?«

Peter rutschte auf dem Sofa herum. »Ich habe meinen Satz gesagt. *Sehr wohl, der Herr*. Wie soll es schon gewesen sein?«

Beate zuckte mit den Schultern. »Ich hatte den Eindruck, bei dem Ego der Schauspieler könnten die Proben ganz interessant sein.« Von Peters Ego ganz zu schweigen.

»Die Kleinschmidt Marisella hat nicht mehr alle Tassen im Schrank. Hält sich für jung und unglaublich attraktiv und findet, sie sollte die Julia spielen. Hast du schon einmal die Valeria gesehen?«

Hatte Beate. Und war von purer Schönheit geblendet worden.

»Der Walter Kirschner ist ein furchtbarer Bauer Romeo. Der gestikuliert die ganze Zeit. So.« Peter holte aus und warf sein Rotweinglas um.

»Das ist natürlich unglücklich«, sagte sie und stand auf, um einen Fetzen und Küchenpapier zu holen. »Aber Hauptsache, du bist toll, mein Schatz«, fügte sie hinzu, als sie zurück ins Wohnzimmer kam.

»Sicherlich bin ich das. Ich könnte die Hauptrolle dreimal so gut wie Walter, dieser Depp.«

Beate wischte den verschütteten Wein auf. Wenigstens war nicht mehr viel in seinem Glas gewesen und nur eine kleine Lache über den Tisch gelaufen, bevor der Wein den weißen Teppich oder die Couch hatte einfärben können. Vorsichtshalber legte sie einen Streifen Küchenpapier unter Peters Glas. »Das glaube ich dir gern.« Nachdem sie den Fetzen in die Küche gebracht hatte, setzte sie sich wieder aufs Sofa und lehnte sich zurück. »Kevin Eisinger hat eine große Kampagne geplant, er will einen Freizeitpark errichten.«

»Aber nicht nur, dass er so viel gestikuliert! Was der Walter für einen Bauch vor sich herträgt!« Peter verschränkte die Arme vor seiner eigenen, nicht ganz unerheblichen Körpermitte.

Beate nickte und fuhr fort: »Ein Freizeitpark gegenüber einem Laientheater. Abgesehen davon, dass so ein Freizeitpark eine komplette Schnapsidee ist, sieht es halt doch schlecht aus für meine Bauernburschen.«

»Das nimmt dem doch keiner ab, dass sich unsere Valeria in so einen Fettwanst verliebt«, schmollte Peter weiter.

Da hatte er recht. »Die anderen zur Verfügung stehenden Schauspieler sind allerdings auch nicht besser«, warf Beate ein und erntete einen entrüsteten Blick.

»Immerhin bin ich ein echter Adeliger!«

»Ein verheirateter. Was hat der Regisseur denn gesagt, weshalb du die Rolle nicht bekommst?«, fügte sie schnell hinzu.

Peter winkte ab. »Alles lächerliche, an den Haaren herbeigezogene Gründe. Da wurde bei der Rollenverteilung ganz arg gemauschelt, schlimmer als bei dir im Gemeinderat.«

»Bei mir im Gemeinderat wird nicht gemauschelt.«

Er tätschelte ihr die Schulter. »Na, wir wissen doch alle, wie du an deinen Posten gekommen bist.«

Beate blinzelte. »Durch harte Arbeit und eine ausnehmend gut organisierte Sekretärin?«

Peter zwinkerte ihr zu. »Und der Adelstitel deines Ehemannes hatte natürlich nichts damit zu tun.«

»Du hast keinen Adelstitel.«

»Ach, Schatz. Du musst noch viel, viel lernen.«

Beate stand auf, um den Grappa aus der Küche zu holen.

17. Probe: Freitag, 14. August

I. AKT – 5. SZENE

Saal auf Capulets Hof. Diener hängt Girlanden auf.

BÄUERIN CAPULET:
Willkommen auf dem Hof Capulet, meine Damen, meine Herren. Auf zum Tanzen, zum Schuhplatteln auch. Sind die Dirndl fest geschnürt? Die Lackschuh geputzt? Welche von euch Schönen schlägt's ab zu tanzen? Ich wette, die hat Hühneraugen.

BAUER ROMEO:
Du sicher auch.

BÄUERIN CAPULET *presst die Zähne zusammen*:
Ich weiß die Zeit, da ich selbst den Reigen tanzte. Kommt, Musikanten, spielt!

BAUER ROMEO:
Wer ist das Maderl, welche dort den Bauern mit ihrer Hand beehrt?

DIENER:
Ich weiß nicht, Herr.
(Peter wirft die Arme in die Luft.)
(Lauter:)
ICH WEISS NICHT, HERR.

(Schnaubt.)
Ich bin ein Diener, der nichts weiß. Ich, Peter VON Brandtner.

REGIEASSISSTENZ:
Das war super, Peter. Du machst das ganz prima. Das nächste Mal vielleicht nur deinen Satz, ja?

DIENER:
Ich weiß nicht, Herr.

BAUER ROMEO:
Na, jetzt hat er das so oft gesagt, jetzt weiß ich meinen Text auch nicht mehr.

REGIEASSISTENZ:
Liebt ich wohl je …

BAUER ROMEO:
Liebt ich wohl je … *etwas mehr als Schokoladenkuchen?*
(Lacht schallend.)
Das ist Peters Schuld. Peter hat mich rausgebracht.

JULIA *leiernd*:
Liebt ich wohl je? Nein, schwör es ab, Gesicht: Du sahst bis jetzt noch wahre Schönheit nicht.

BÄUERIN CAPULET *missbilligend*:
Du bist noch gar nicht dran.

JULIA:
Das ist auch nicht mein Text. Herrgott noch mal, wisst ihr immer noch nicht, wer was zu sagen hat?

AMME:
Du brauchst dich gar nicht so aufzuspielen. Du hast deine Rolle auch nur wegen deiner dicken …

REGIEASSISTENZ *laut:*
Uuuund zurück zum Text! Tybalt bitte!

TYBALT:
…

REGIEASSISTENZ:
Nach seiner Stimme …

TYBALT:
Nach seiner Stimme ist dies ein … ein Montague.
(Zum Diener:)
Hol meinen Degen, Bursche! Was? *Was … was …?*

REGIEASSISTENZ:
Wagt der Schurk.

TYBALT:
Wagt der Schurk, vermummt in eine Maske, herzukommen zu Hohn und … Hohn und … Schimpfe gegen unser Fest? Fürwahr, bei meines Hofes Namen: Wer ihn heimdreht, verdient keinen Tadel!

BÄUERIN CAPULET:
Was habt ihr, Tybalt? Welch ein Aufruhr? Wozu?

DIENER:
Dicke … hehehe, jetzt hab ich verstanden!

TYBALT:
Seht, Tante? Der da ist ein Montague!

BÄUERIN CAPULET:
Ist es der junge Romeo?

TYBALT:
Der Sausack Romeo!

JULIA:
Der Schurke. Der Schurke Romeo. Wie klingt denn Sausack?

TYBALT:
Wer sagt denn heutzutage noch Schurke? Kommt solch ein Sausack als Gast, ich leide ihn nicht!

BÄUERIN CAPULET *zischt:*
Schurke!
(Lauter:)
Er soll gelitten werden, Bersch, er soll! Wer ist hier die Bäuerin? Du oder ich?

TYBALT:
...

REGIEASSISTENZ:
Mir kämpft Geduld ...

TYBALT:
Mir kämpft Geduld aus Zwang mit ... Wut. Im Innern. Und Blut. *Irgendwas.*
(Laut:)

Ich gehe! Doch so frech sich aufzudringen! Was Spaß ihm macht, soll er bitter bereuen!
(Lacht diabolisch und schwingt sein Schwert.)

REGIEASSISTENZ *seufzt.*

ROMEO *tritt zu Julia:*
Entweihet meine Hand verwegen dich, oh Heil'genbild, so will ich's lieblich büßen: Zwei Pilger neigen meine Lippen sich, den herben Druck im Kusse zu versüßen.

DIENER:
Was soll das eigentlich heißen?

AMME *verdreht die Augen:*
Er will sie abbusserln.

JULIA *rückt von Romeo ab.*
(Gelangweilt:)
Nein, Pilger, lege nichts der Hand zuschulden für ihren sittsam-andachtsvollen Gruß. Der Heil'gen Rechte darf Berührung dulden, und Hand und Hand ist frommer Waller Kuss.

DIENER *flüstert:*
Was ist ein Waller?

ROMEO *will Julia küssen.*

JULIA *stößt ihn erschrocken weg.*

DIENER *lauter:*
Angelika, was ist ein Waller?

REGIE *betritt den Saal, eine Wurstsemmel in der Hand.*

REGIEASSISTENZ:
Oh, Gott sei Dank bist du da, Gerhard. Magst du übernehmen? Wir proben gerade die Kussszene.

REGIE *beißt in die Wurstsemmel.*
(Kauend.)
Julia schaut, als müsste sie ihren Romeo gleich anspeiben.

REGIEASSISTENZ:
Danke. Danke für den Input. Äh. Julia! Vielleicht könntest du etwas begeisterter aussehen, wenn Romeo dich küssen will?

JULIA:
Aber das kommt doch jetzt noch gar nicht!

REGIEASSISTENZ:
Romeo, es folgen noch zwei Dialogteile.

DIENER:
Du weißt also auch nicht, was ein Waller ist? Wieso steht da nicht vernünftiges Deutsch?

ROMEO:
Hat nicht der Heil'ge Lippen wie der Waller?

JULIA *weicht zwei Schritte zurück:*
Ja, doch Gebet ist die Bestimmung aller.

REGIE *öffnet zischend eine Dose Cola und nimmt einen großen Schluck.*

Kann die Julia dann vielleicht versuchen, nicht so zu schauen, als würde sie Gott anflehen, Romeo mit einem Blitz zu erledigen?

REGIEASSISTENZ:
Denk dran, du triffst gerade den Mann deiner Träume!

JULIA *lauter:*
Ja, doch Gebet ist die Bestimmung aller.

ROMEO *will Julia küssen.*

JULIA:
Himmelherrgottnocheins, das kommt jetzt immer noch nicht!

DIENER:
Wetten, dass hier keiner von euch weiß, was Waller bedeutet?

ROMEO:
Jetzt stell dich nicht so an, Diandle!

JULIA:
Möglicherweise, wenn die Hauswürstel, die du vorher gegessen hast, nicht ganz so viel Knoblauch gehabt hätten.

AMME:
Schauspielern nennt man das! Da könntest du mal unter Beweis stellen, was du alles kannst.
(Stellt sich auf die Zehenspitzen und reckt die Brust.)
Gell, Gerhard?

REGIE:
Na, was die Abteilung angeht …

(Macht mit den Händen eine eindeutige Geste vor der Brust.)

REGIEASSISTENZ *springt von ihrem Sitz in der ersten Reihe auf: Schluss! Wir machen Schluss für heute! Danke, Leute, die Probe war super! Wenn Tybalt fürs nächste Mal seinen Text lernen könnte? Und Julia, bitte, unser Romeo will dir nichts Böses, versuch, ihn nicht immer so … angeekelt anzuschauen, ja?*
(Sieht den Romeo streng an.)
Dafür gilt aber Knoblauchverbot für alle Darsteller am Tag der Probe!
(Klatscht in die Hände.)
Wir sehen uns dann am Samstag um elf!

MÖNCH *stürmt auf die Bühne.*
Bin ich schon dran?

Die Eisner-Scheune, die von der Stadt zur Gründung der Bauernburschen gekauft worden war, hatte man so umgebaut, dass sich auf der Querseite gegenüber dem großen Scheunentor eine gezimmerte Bühne befand, von der man nach rechts und links abgehen konnte, um auf dem Boden zu verschwinden, der mit zwei Umkleideräumen und einer Küche luxuriös ausgestattet war. Auf dem einfachen Lehmboden der Scheune standen schon ein paar Sessel, bis zur Aufführung sollten es jedoch noch deutlich mehr werden, sodass an die 200 Zuschauer Platz hätten.

Valeria hielt sich mit einer Hand am Stiegengeländer fest, während sie hinauf zum Umkleideraum ging, mit der anderen Hand begann sie schon den Knoten ihres engen Dirndls zu lösen. Sie brauchte Luft. Glücklicherweise schaffte sie es diesmal, die Schnürung allein aufzudröseln. Sie hängte ihr Kostüm über einen Sessel, schlüpfte in Jeans und eine Bluse und löste ihre Zöpfe. Als Bauerntochter, hatte Gerhard gesagt, brauchte sie eine traditionelle Frisur. Durch die Zöpfe waren ihre langen Haare leicht lockig geworden, sodass sie sie erst bürsten musste, bevor sie sie wieder zu einem Pferdeschwanz zusammenband.

»Valeria?« Angelika klopfte an den Türrahmen.

Die junge Regieassistentin sah verlegen aus und Valeria lächelte sie an. Sie mochte Angelika, weil sie ihr das Gefühl gab, Talent zu haben – ungeachtet ihrer Brüste.

»Du … du nimmst mir meine Bemerkungen nicht übel?«, fragte die Regieassistentin und biss sich auf die Lippe.

»Welche Bemerkungen?« Die Probe war – wie immer – eine Katastrophe gewesen, aber das hatte sicher nicht an Angelika gelegen. Die Probleme konnte Valeria an beiden Händen abzählen: Peter redete dauernd dazwischen. Walter gestikulierte viel zu ausladend. Martin konnte seinen Text nicht. Anna neidete ihr die Rolle der Julia.

»Na, weil doch das mit der Liebesszene …«

Valeria stöhnte und vergrub das Gesicht in ihren Händen. »Ich bin so furchtbar schlecht!« Dann hob sie ihren Kopf wieder und fügte hinzu: »Du hast mit allem recht, ich muss noch so viel lernen. Außerdem hat Gerhard ja noch ganz andere Worte gefunden.«

Angelika zog eine Grimasse. »Sensibel ist er wahrlich nicht. Aber du bist die beste Darstellerin der Bauernburschen.«

Valeria legte den Kopf schräg.

»Ja, gut, das ist nicht schwer bei dem Haufen«, fuhr Angelika fort. »Aber auch an normalen Maßstäben gemessen. Die Schlussszene ist der Hammer, wirklich. Keine stirbt so schön wie du.« Sie hustete und lief rot an.

»Äh … danke.« Valeria musste lachen, wurde aber schnell wieder ernst. »Ich will besser werden. Und ich möchte auch das mit den verliebten Blicken lernen.« Sie nickte entschlossen. »Du wirst sehen. Bei der Premiere hab ich's drauf.«

»Ganz sicher.« Angelika lächelte sie noch einmal an. Dann verzog sie bedauernd den Mund. »Ich muss los! Aber wir sehen uns morgen!«

»Pünktlich um elf!« Valeria schenkte ihr zum Abschied ihr strahlendstes Lächeln. Es war schön, bei den ganzen Volldeppen, die da im Theater um sie herum waren, eine Freundin zu haben.

So tödliche Arzneien hab ich wohl

(5. Aufzug, 1. Szene)

Walter und Valeria, das ergab ja ein grauenhaftes Namensbild. Martin zerdrückte die Tabletten mit einem Mörser und rührte sie ins Whiskeyglas. Valeria war ein wunderschöner Name, und Martin und Valeria Riedl würde sich auf Briefen ausnehmend gut machen. Walter und Valeria – allein bei dem W und dem V nebeneinander grauste es ihn – Kirschner hingegen hatte überhaupt keinen Klang. Weder in schwungvoller Schreibschrift noch in nüchtern gedruckten Buchstaben hatte das irgendeinen Appeal.

Martin konnte das beurteilen, er hatte in seinem Leben als Postbote schon viele Briefe gesehen. 34 Jahre alt war er jetzt, seit 17 Jahren arbeitete er in seinem Beruf, und da hatte er doch sicher schon – er rechnete kurz – 80 Briefe ausgetragen. Mindestens.

Auf Valeria hatte er bereits ein Auge geworfen, als sie 16 war, und er damals vor dem Hund ihrer Eltern auf einen Baum geflüchtet war. Nachdem sie den Chihuahua beruhigt und ins Haus getragen hatte, war Martin schließlich heruntergeklettert und hatte ihr langes, braunes Haar in seiner ganzen Pracht bewundern können. Es war Liebe auf den ersten Blick gewesen! Zumindest von seiner Seite. Von Valerias Seite aus war es … nichts gewesen.

Aber das sollte sich nun ändern. Nur ihretwegen war er ins Lendnitzer Laientheater ›Die Bauernburschen‹ eingetreten. Jeder wusste, dass Valeria Bühnenambitionen hatte, und mit der Neugründung des Lendnitzer Theaters hatte sie als Erste, noch drei Stunden vor dem eigentlichen Casting, beim Regisseur vorgesprochen und mit leuchtenden Augen und wehendem Haar Shakespeares Ophelia zum Besten gegeben.

Ob die schöne Valeria tatsächlich Talent hatte, konnte Martin nicht beurteilen, aber sie sah in ihrem Dirndl-Kostüm so hinreißend aus, dass ohnehin niemand darauf achtete, was sie sagte. An diesem ersten Probentag, an dem er eigentlich nur einen Brief an Kevin Eisinger hatte abliefern müssen und verwirrt zur Eisner-Scheune gelaufen war – die Namen waren sich aber auch wirklich ähnlich! –, hatte er zum ersten Mal eine Chance für seine Liebe gesehen. In diesem Moment hatte er sich geschworen, der Hauptdarsteller zu werden, in dessen Arme Valeria am Ende des Stückes sinken würde.

Dann hatte er erfahren, dass es bei Romeo und Julia kein Happy End gab, und war erst ein wenig verwirrt gewesen. Schließlich hatte er sich das Stück durchgelesen und kaum etwas verstanden, weil es von Shakespeare in einem undeutlichen Deutsch geschrieben worden war. Was war zum Beispiel ein Waller?

So viel hatte er aber behalten: Es kam zu einem Kuss zwischen Romeo und Julia. Er musste also zu Bauer Romeo werden, und das um jeden Preis.

Nach den ersten Sprechproben hatte es leider nur zum Mercutio gereicht. Gerhard, dieser arrogante Arsch von Regisseur, fand, dass Walter besser gestikulierte als er. Und während Martin noch auf der Bühne vor sich hinstarb, hatte der Fettwanst schon die Valeria in seinen Armen liegen. Es blieb nichts anderes übrig: Walter musste weg.

Martin spülte den Löffel ab, mit dem er die zerkleinerten Tabletten in das Whiskeyglas gerührt hatte. Die einzige Apotheke in Lendnitz gehörte seinen Großeltern, es war also kein Problem, an die stärksten Schlaf- und Betäubungsmittel zu gelangen. Da Walter einen guten Whiskey nie im Leben verschmähen würde, war sein Plan perfekt. Um die schöne Valeria mit seinen Schauspielkünsten zu beeindrucken, probte Walter mit verbissenem Ehrgeiz. Er würde am morgigen Samstag der Erste sein, der in der Eisner-Scheune erschien, das Glas und die Whiskeyflasche sehen und zugreifen, und damit wäre die Hauptrolle für ihn im wahrsten Sinne gestorben. Martin unterdrückte nur mühsam den Wunsch, sich die Hände zu reiben, ein Kichern konnte er sich aber nicht verkneifen.

Er schaltete das Licht aus, ging zur steilen Stiege, die von den Proberäumen zur Bühne führte, und – stürzte kopfüber über einen am Stiegenaufgang stehen gelassenen Putzkübel.

*

Katarina Wischniewski schnaufte schon auf dem Weg zum Theater. Eigentlich war es eine alte Scheune, ganz am Rand von Lendnitz, die der damalige Bauer zu Ferienwohnungen hatte umbauen lassen wollen. Noch mitten in seinem Projekt war er dann leider an einem Schlaganfall gestorben, und da seine Kinder, beide Bankangestellte in Villach, keine Lust hatten, sich mit Ferien am Bauernhof abzugeben, hatte die Scheune in halb umgebautem Zustand etwa fünf Jahre brachgelegen, bis die Frau Bürgermeisterin beschloss, sie aufzukaufen und zur Theaterbühne umzufunktionieren.

Katarina hatte in der Früh schon zwei Stunden die Zahnarztpraxis von Dr. Obermaier geputzt, und nun stapfte sie mit ihrem Wischmopp über den völlig zugewucherten Feldweg zur alten Scheune, pardon, zur Theaterbühne. Gut, die Frau Bürgermeisterin zahlte ihr 14 Euro die Stunde, das war mehr als sie beim Zahnarzt je bekommen würde. Trotzdem hatte sie für die Möchtegern-Schauspieler nur Verachtung übrig, die wie die Hollywood-Diven ihre Kostüme an Ort und Stelle liegen ließen, wo sie sie auszogen, Make-up-Döschen öffneten und nicht wieder verschlossen und Kosmetiktücher in sämtlichen Räumen auf dem Boden verteilten.

Katarina schloss die Tür auf, blinzelte im Halbdunkel und stolperte über etwas Großes, Weiches. Sie schaltete das Licht ein.

»Jessasmaria!«

Das war doch der Martin! Der brachte ihr immer die Post für die Meyers gegenüber, weil er die Hausnummer 9 nicht von der 6 unterscheiden konnte. Ob da noch was zu retten war? Sie schaute auf die blutende Wunde an seinem Hinterkopf, suchte kurz den Puls und schüttelte den Kopf. Als Erstes musste der Notarzt her. Wieso hörte sie eigentlich nie auf ihren Mann? Jetzt hätte sie ein Handy gut gebrauchen können. Sie kraxelte die Stiegen hinauf zu den Proberäumen. In der kleinen Küche stand ein Telefon, vielleicht war das inzwischen angeschlossen worden. Ein Freizeichen hörte sie nicht. Was nun? Ächzend ließ sie sich in den Sessel fallen. Na, die Herren und Damen Schauspieler, bist du deppert!, dachte sie, das war kein billiger Whiskey, der da am Küchentisch stand. Und dann noch offen die Flasche, das war aber nicht gut für das Aroma. Auf den Schreck einen kleinen Schluck – vielleicht besser einen großen, es war ja auch ein großer Schreck gewesen – würde ihr guttun.

Die Welt ist nicht dein Freund

(5. Aufzug, 2. Szene)

»Frau Bürgermeisterin?« Franziska steckte ihren Kopf durch die Bürotür. »Kevin Eisinger möchte den Termin mit Ihnen verschieben. Er hat eine dringende Besprechung mit dem Verwaltungsrat der Stadtwerke.«

Beate zog eine Grimasse. Eine Besprechung mit der Bürgermeisterin kurzfristig verschieben, das war doch alles nur Imponiergehabe.

»Kein Problem. Geben Sie ihm einfach nächste Woche einen neuen Termin. Und organisieren Sie bitte zum gleichen Zeitpunkt einen Friseurbesuch.« Sie würde sich doch nicht von diesem Jungspund an der Nase herumführen lassen. Beate zögerte einen Augenblick. »Sagen Sie, Franziska …« Sie drehte den Kugelschreiber in ihrer Hand. »Was glauben Sie, weshalb ich Bürgermeisterin geworden bin?«

Ihre Sekretärin zögerte keine Sekunde. »Weil Sie hart arbeiten und schon immer eine ausnehmend gut organisierte Sekretärin hatten?«

»Und nicht möglicherweise wegen …« Beate schluckte schnell, »wegen meines Mannes?«

»Trotz.« Abwesend blätterte Franziska in einigen Unterlagen, dann blickte sie wieder auf. »Eindeutig trotz Ihres Mannes. Ach, bevor ich es vergesse: Gerhard Seiler, unser Regisseur, lässt anfragen, wann das Bühnenbild geliefert wird.«

»Bühnenbild?«

»Er wünscht sich 20 abgeholzte Bäume aus städtischem Gebiet.«

»Er …«

»… möchte die Aufführung zum, ich zitiere, ›größten Knaller des Jahres machen‹. Die Baumstämme sollen am Schluss der Premiere in Brand gesteckt werden.«

»In Brand?« Beate fuhr hoch.

»Die Freiwillige Feuerwehr möchte dafür Gratiseintrittskarten für die komplette Belegschaft.«

»Die bekommen sie.« Bei dem Preis, den die Scheune gekostet hatte, war kein Geld für eine Brandschutzversicherung übrig geblieben. »Wenn sie vorher die Baumstämme abtransportieren. Es wird keinen Scheunenbrand geben.«

Franziska nickte und tippte etwas in ihr Handy.

»Sind inzwischen die neuen Plakate da?«, fragte Beate.

»Vorhin geliefert worden.«

»Haben wir im Augenblick nicht ein, zwei Praktikanten?«

»Eine Praktikantin in der Verwaltung und einen bei der Stadtplanung.«

»Perfekt. Sorgen Sie dafür, dass die heute Nachmittag die Poster aufhängen. Wir wollen ja die sensiblen Künstlerseelen schonen.« Beate massierte sich den Nacken. »Steht sonst noch etwas an?«

»Ihr Mann hat …«

»Ich bin in einer wichtigen Besprechung!«

Franziska zog die Augenbrauen hoch.

»Den ganzen Tag«, ergänzte Beate. »Morgen auch. Und jetzt hätte ich gern einen Kaffee.«

Franziska nickte, drehte sich um und schloss die Tür.

Keine zwei Minuten später stand sie wieder im Zimmer. Blass um die Nase und mit zittrigen Händen stellte sie Beate eine Tasse hin. »Frau Bürgermeisterin, die Plakate … ich fürchte, wir müssen neue drucken lassen. Martin Riedl spielt nicht mehr mit.«

»Das kann er uns nicht antun!« Was sollte aus ihrem Projekt werden? Aus dem Wettlauf mit Kevin Eisinger um den kulturinteressiertesten Bürgermeister?

Die Tür, die Franziska leicht offen stehen gelassen hatte, wurde aufgestoßen. Mit langen Schritten marschierte Chefinspektor Wilkinson ins Büro, als würde es ihm gehören. Sein Mantel wehte hinter ihm her, und trotz seiner hageren Gestalt nahm er einen unglaublichen Raum ein. Er stützte sich im Stehen mit beiden Händen auf Beates Schreibtisch und beugte sich so weit vor, dass sie unwillkürlich zurückzuckte.

»Leider doch. Da ist der letzte Vorhang gefallen.« Er lachte kurz über seinen Witz, dann richtete er sich auf und breitete die Arme aus. Nun mit ernster Miene verkündete er: »Martin Riedl ist tot.«

»Er … wurde er … gab es … also … Mord?«, stotterte Beate. Viele Gründe konnte es ja nicht haben, wenn solch eine Nachricht vom Chefinspektor persönlich überbracht wurde.

»Ein Unfall.« Wilkinson winkte ab. »Deswegen bin ich nicht zu Ihnen gekommen. Es geht um den Umbau.«

»Aber was ist denn passiert?«, fragte Beate verwirrt, während Franziska nervös die Hände knetete.

»Die Handwerker haben die falsche Wand eingerissen. Aber machen Sie sich keine Sorgen, es wird alles in Ordnung kommen. Mein neues Büro sollte größer werden, ich dachte da an 27 Quadratmeter. Den Raum für die Teeküche können wir einsparen, ich lasse einen Kaffeeautomaten im Flur installieren.«

Beate stutzte.

»Ich glaube, die Frau Bürgermeisterin meinte Martin Riedl«, bemerkte Franziska mit dünner Stimme.

»Ach ja, dumme Sache, die Stiegen hinuntergefallen. Nicht, dass jetzt keine Post mehr ausgetragen wird, ich erwarte eine Einladung vom Polizeipräsidenten.« Wilkinson runzelte die Stirn. »Haben Sie nicht ein, zwei Praktikanten, die das übernehmen könnten?«

»Und letzte Woche hab ich ihn noch angeraunzt …« Franziska hielt sich die Hand vor den Mund.

»Was hat Ihnen der Polizeipräsident denn getan?«, fragte der Inspektor.

»Ich glaube, Franziska meinte Martin Riedl.« Beate holte Luft, dann straffte sie die Schultern. »Wir werden uns um die Post kümmern.« An Franziska gewandt sagte sie: »Unsere Praktikanten müssen ja jetzt erst einmal keine Plakate aufhängen.«

»Wunderbar.« Wilkinson rieb sich die Hände. »Dann können wir wieder zu wichtigen Angelegenheiten kommen.«

»Martin …«, begann Beate.

»… dem Umbau des Präsidiums.« Er zog eine Zeichnung aus der Hosentasche und legte sie auf den Schreibtisch. Es war ein Gebäudeumriss, vermutlich das Polizeikommando. »Hier, hier und hier finden die Umbauten statt.« Er deutete auf sein Büro, die Teeküche gleich daneben und den Empfangsbereich. »Durch den kleinen Unfall mit der falschen Wand haben sich die Kosten freilich deutlich erhöht. Außerdem dachte ich an ein Entspannungszimmer. Vielleicht mit einem Billardtisch.

Der jüngeren Generation würde sicher eine Playstation gefallen.«

»Inspektor Wilkinson …«, begann Beate.

»*Chef*inspektor.« Er lächelte.

»*Chef*inspektor Wilkinson, Sie können nicht einfach unseren Budgetplan ignorieren. Der Bauleiter hatte strikte Anweisungen, die …«

»… sehr gut waren, aber durch bessere ersetzt worden sind. Frau Bürgermeisterin, vielen Dank für Ihre Kooperation.«

Beate kniff die Augen zusammen und öffnete den Mund, doch der Chefinspektor redete schon weiter. »Die Sicherheit der Bürger hat oberste Priorität. Den neuen Kostenvoranschlag lasse ich dem Gemeinderat zukommen.« Er klatschte in die Hände. »Ich muss dann weiter. Termine, Termine.« So schnell wie er gekommen war, rauschte er auch wieder ab. Beate sah dem wehenden Mantel nach. Nein, was hatte sie über Reichel geflucht. Und jetzt? Jetzt wünschte sie sich nichts sehnlicher als den alten Sturkopf zurück, der allein vom Körperbau her schon das Gegenteil seines großen dünnen Nachfolgers war.

»Haben Sie als Bürgermeisterin nicht Einfluss auf die Besetzung der Polizeiposten?«, echote Franziska den Gedanken, der gerade in Beates Kopf herumging.

»Das würde mir dann als Einflussnahme und vermutlich Korruption ausgelegt.« Bedauerlich. Sie überlegte. »Aber man könnte sicherlich ein bisschen Nachwuchsförderung betreiben.«

Franziska nickte. »Huber hat noch beim alten Reichel gelernt.«

»Machen Sie da mal eine Notiz in meinen Terminkalender.«

»Erledigt.« Franziska hatte den Namen Wilkinson auf ein Post-it geschrieben und einen Totenkopf dahinter gemalt.

»Jetzt holen Sie mir unseren Regisseur ans Telefon, wir müssen uns um die Besetzung kümmern.«

»Außerdem frage ich in der Druckerei nach, ob wir Rabatt bekommen können. Bei unserem Verbrauch.«

Beate fragte sich, ob es dabei bleiben würde. Sie ahnte Schlimmes.

O Gott! ich hab ein Unglück ahnend Herz.

(3. Aufzug, 5. Szene)

Chefinspektor a. D. Fritz Reichel der Polizei Lendnitz saß auf einem Plastiksessel in seinem Vorgarten und genoss eine kühle Limonade, die seine Frau aus Zitronen und frischer Minze für ihn zubereitet hatte. Zugegeben, er hatte sich heimlich etwas Gin ins Glas gegossen, aber das durfte er ja. Er war nicht mehr im Dienst, er war pensioniert, er konnte also trinken, wann und was er wollte. Und wenn das ein Gin am Dienstagnachmittag in seinem Vorgarten war, dann war das völlig in Ordnung und die Dobernig von gegenüber brauchte gar nicht so deppert zu schauen.

Er blickte in den blauen Himmel über sich, streckte die Füße von sich und stieß einen tiefen Seufzer aus. Das Leben konnte so angenehm sein. Ohne Arbeit, ohne Mordfälle, ohne seinen ehemaligen, viel zu enthusiastischen Assistenten. Reichel merkte, wie die Sonne, das Unkrautjäten und der Gin ihn träge machten, wie seine Augen schwer wurden und langsam zufielen.

»Chef! Chef!«

Erschrocken fuhr Reichel auf. Was für ein Albtraum! Er hatte doch tatsächlich geträumt, Huber am Gartenzaun stehen zu sehen mit seinem Notizbuch und einem neuen Mordfall, den er partout mit Reichel gemeinsam … Seine Gedanken stoppten, und er blinzelte verwirrt zur Straße.

»Chef! Chef!« Wild mit den Armen rudernd hüpfte Huber vor dem Gartenzaun auf und ab, die Hemdsärmel hochgekrempelt, die Krawatte gelockert, Notizbuch und Stift in der linken Hand.

»Ich bin nicht mehr Ihr Chef«, grummelte Reichel und setzte sich in seinem Sessel auf.

Huber verstand die Reaktion offensichtlich als Einladung, denn er öffnete das Gartentor, betrat Reichels geheiligten Boden und setzte sich, mit beiden Füßen wippend, in den Sessel neben ihm.

»Wir haben einen Doppelmord!«

»Wir?«

»Sie und ich, Chef! Die Polizei Lendnitz, Chef!« Huber war nicht zu bremsen. »Im Theater, Chef!«

»Lendnitz hat ein Theater?« Jetzt sah Reichel seinen ehemaligen Assistenten doch interessiert an, bereute es aber sofort, als der sein Notizbuch zückte und herunterrasselte: »Die Bauernburschen, gegründet am 25. Juni auf Initiative und Anregung der Frau Bürgermeisterin. Die alte Scheune der Eisners wurde als Bühne und Proberaum von der Stadt gekauft und zur Verfügung gestellt, damit Lendnitz zu einem kulturellen Zentrum der Region wird. Als Regisseur wurde der …«

»Ich bin im Bilde«, unterbrach Reichel den Redefluss und massierte sich die Schläfen. Seit drei Monaten pensioniert, und heute bekam er zum ersten Mal wieder Kopfschmerzen.

»Vor vier Stunden wurde die Leiche des Schauspielers Martin Riedl gefunden. Sie kennen ihn, Chef, unser Postbote, der die Rolle des Mercutio spielen sollte. Eine Nebenrolle, aber sehr beliebt, habe ich mir sagen lassen.« Huber befeuchtete sich mit der Zungenspitze die Lippen und blätterte in seinem Notizbuch. »Er ist mit einer blutigen Wunde am Hinterkopf am Fußende der Stiegen gefunden worden, vermutlich ist er durch einen Sturz zu Tode gekommen. Ich gehe davon aus, dass ihm entweder ein Schlag auf den Hinterkopf versetzt oder er hinuntergestoßen wurde.« Aufgeregt rutschte Huber auf seinem Sessel hin und her. »Die zweite Leiche, Katarina Wischniewski … nun ja, zugegeben, sie ist nicht ganz tot.«

»Nicht ganz tot?«

»Sie liegt im Koma, der Grund ist noch unklar. Der Notarzt konnte sie retten.« Huber schien fast enttäuscht. »Aber es ist doch eindeutig, dass auch sie beseitigt werden sollte. Möglicherweise hat sie den Täter beobachtet, war Zeugin oder sogar Komplizin! Zwei Leichen an einem Ort, das kann doch kein Zufall sein!«

Reichel fragte sich, womit er Doppelmorde – Beinahe-Doppelmorde – auch noch in seiner Pension verdient hatte. Irgendetwas musste er in einem früheren Leben wirklich versaut haben, dass man ihn so strafte. Er sah zur Gartenhecke. »Und was hat das jetzt mit mir zu tun?«

Sein Assistent blinzelte verwirrt. »Na, wer soll denn die Ermittlungen leiten?«

Beinahe hätte Reichel sich an seiner Gin-Limonade verschluckt.

»Ich … äh, Lendnitz braucht Sie. Der Gerechtigkeit muss Genüge getan werden«, fuhr der junge Mann fort.

Vorsichtig stellte Reichel das Glas ab, wischte sich über den Mund und sagte langsam: »Huber, ich bin Chefinspektor *außer* Dienst. Ich bin in *Pension*. Ich arbeite *nicht* mehr für die Polizei.« Um ganz sicherzugehen, dass sein Assistent ihn verstanden hatte, fügte er noch hinzu: »Deshalb kann ich auch keine Ermittlungen leiten.«

»Aber Chef, Sie verstehen nicht!« Hubers ohnehin oft rote Ohren färbten sich vor Aufregung noch eine Spur dunkler.

Reichel zog die Augenbrauen hoch.

»Einer muss es doch tun.«

»Richtig. Und das ist mein Nachfolger. Nicht ich.«

Jetzt ließ Huber unglücklich den Kopf hängen. »Ihr Nachfolger«, murmelte er. »Wilkinson.«

»Richtig. Chefinspektor Wilkinson.« Es gab Reichel nur einen kleinen Stich, dass dieser Wilkinson – und du liebe Zeit, was war das eigentlich für ein Name? Direkt aus einem britischen Kriminalfilm? Oder aus einer Rasiermesserwerbung? – mit seinen gerade mal 50 Jahren schon den Titel innehatte, der Reichel erst kurz vor der Pension verliehen worden war.

»Aber Wilkinson … Chefinspektor Wilkinson«, – der Titel ging Huber gar nicht leicht und nur genuschelt über die Lippen – »glaubt nicht an Mord.«

»Nicht?«

Huber schüttelte den Kopf. »Ein Unfall, hat er gesagt. Keinerlei Hinweise auf einen Mord, hat er gesagt. Zu viel Fantasie, Huber, hat er gesagt. Dann hat er mich nach Hause geschickt.« Der junge Mann starrte hilflos auf sein Notizbuch.

In Reichels Augenlid zuckte ein Muskel. Er nahm noch einen großen Schluck von seiner Limonade. Da musste unbedingt mehr Gin rein, stellte er fest.

»Jetzt dachte ich, dass Sie …« Ein kleiner Hoffnungsschimmer leuchtete in Hubers Augen.

Reichels Augenlid zuckte noch einmal, dann fuhr ihm ein stechender Schmerz durch den Hinterkopf. »Ich bin pensioniert, Huber. Halten Sie sich an das, was Ihr Chef

Ihnen sagt!« Er klopfte seinem früheren Assistenten auf die Schulter und stand auf. »Es gibt bald sicher einen neuen Fall, vielleicht sogar einen Dreifachmord, auf den Sie sich stürzen können. Das Verbrechen schläft nie, Huber. Nur Geduld.«

Der junge Mann zuckte traurig mit den Schultern und nickte. Als er mit gesenktem Kopf den Gartenweg entlangschlurfte, hatte Reichel das unangenehme Gefühl, gerade einem Welpen einen Tritt verpasst zu haben. Er brauchte viel mehr Gin. Und neues Düngemittel, damit die Gartenhecke schneller wuchs.

*

»Frau Brandtner!«, rief es vom Flur her. »Frau Bürgermeisterin!«

»Schmiedemeier.« Beate seufzte. Ihr Parteikollege und selbst ernannter Wahlkampfberater stapfte ins Büro. Schmiedemeier war ein dünner Kerl, der eine dicke schwarze Brille und grundsätzlich nur weiße Hemden trug. Das genaue Alter wusste Beate nicht, sie schätzte ihn auf Mitte 50. Aufgrund der Hitze hatte er heute ausnahmsweise die Ärmel hochgekrempelt. Den obligatorischen Aktenkoffer hatte er ebenfalls dabei. Er legte ihn nun auf ihren Schreibtisch und klappte ihn auf.

»Kevin Eisingers Wahlkampf geht in die letzte Phase«, verkündete er und kramte Flyer, Broschüren, DIN-A4-Seiten und allerlei andere Papiere hervor, um sie stapelweise aufzuschichten. »Er will einen Freizeitpark bauen.«

»Die Gerüchte habe ich auch gehört«, murmelte Beate.

»Wie dem auch sei«, Schmiedemeier stapelte weiter, »wir brauchen ein Alternativprogramm.«

»Dafür habe ich doch das Theater eingerichtet«, sagte Beate.

»Um Lendnitz zu einem kulturellen Zentrum in der Region zu machen«, meldete sich Franziska von der Tür her.

Schmiedemeier hielt im Stapeln inne. »Ist da nicht gerade ein Darsteller gestorben?«

»Der Regisseur Gerhard Seiler ist fest entschlossen, das Stück dennoch aufzuführen.« Etwas trotzig sah Beate ihren Wahlkampfhelfer an. Das Telefongespräch mit Seiler hatte sehr viel Pathos gehabt und Beate hatte irgendwann entnervt mitten im Satz aufgelegt.

»›Im Angesicht dieser Tragödie den Menschen Hoffnung geben‹, so hat er es ausgedrückt«, ergänzte Franziska.

Schmiedemeier rückte seine Brille zurecht. »Hoffnung ist nie verkehrt«, sagte er schließlich. »Dennoch: Ein Theater gegen einen Freizeitpark?«

»Ein existierendes Theater gegen einen geplanten Freizeitpark.«

»Kevin Eisinger hat heute einen Termin mit den Investoren und morgen mit den Stadtwerken.«

»Schmiedemeier, ein Freizeitpark ist völliger Irrsinn!«

Er reichte ihr eine Broschüre. ›Erlebnispark Gänserndorf‹. »Das wäre beispielsweise ein Gegenkonzept.« Er suchte nach einer weiteren Broschüre. »Ballonfahrten zur Not. Ein Streichelzoo. Ein Zirkus. Wir brauchen etwas Spektakuläres. Ein Theater, so etwas Biederes, noch dazu mit lauter Laien, kann niemals mit einem Freizeitpark mithalten.«

»Als ob dieser depperte Park jemals eröffnet werden würde!« Langsam wurde Beate wütend. Ihr Theater hatte in eineinhalb Wochen Premiere, sie hatten einen

Vorsprung, den Kevin Eisinger mit seinem angeblichen Freizeitpark niemals einholen würde. Und jetzt verbreitete ihr Wahlkampfleiter unnötige Panik? Sie fragte sich nicht zum ersten Mal, ob sie ohne Schmiedemeier nicht besser dran wäre.

»Zur Not ziehe ich nachts los und schneide die Kabel durch.« Franziska presste grimmig die Lippen aufeinander. Das war Einsatz! Davon konnte Schmiedemeier was lernen.

»Dabei verletzen Sie sich nur«, sagte Beate dennoch, sie bevorzugte legale Methoden. »Bleiben Sie lieber beim guten alten Schnurrbart-auf-Wahlplakate-Malen.« Das hatte im letzten Wahlkampf auch geholfen. Seitdem trugen auffällig viele Lendnitzer Bart. Gewählt hatten sie dennoch Beate Brandtner.

»Wahlversprechen, Frau Brandtner.« Schmiedemeier sah ihr in die Augen. »Die werden in den seltensten Fällen eingelöst. Es geht darum, sich im Luftschlösser-Bauen zu übertreffen. Wir brauchen ein neues Wahlkonzept.«

Kopfschüttelnd ließ sich Beate in ihren Sessel fallen. Dann blickte sie zu Franziska, die etwas in ihr Handy tippte. »Wissen Sie was, Schmiedemeier? Das wird unser neues Wahlprogramm.«

»Was?« Seine Hand mit der nächsten Broschüre – Disneyland Paris – blieb in der Luft hängen.

Franziska blickte auf und nickte. »Die erste Politikerin, die nur Versprechen macht, die sie auch hält.«

»›Auf mich können Sie sich verlassen‹«, schlug Beate als Slogan vor.

»Aber …«

»Nichts aber, Schmiedemeier. Wir bleiben dabei. Beate

Brandtner tritt in der Endphase des Wahlkampfs mit einem Theater an. Mit einem real existierenden!«

Schmiedemeier öffnete den Mund. Dann schloss er ihn wieder. Schließlich zuckte er mit den Schultern und seufzte. »Wenn Sie meinen …« Etwas hilflos sah er auf seine Broschüren. »Die lasse ich Ihnen da, falls Sie sich doch noch umentscheiden.« Dann ließ er seinen Aktenkoffer zuschnappen und wandte sich zur Tür. »Aber die Aufführung sollte dann unser ganzes Dorf umhauen, Frau Brandtner. Wenn wir schon in den Wahlkampf eintreten mit Versprechen, die wir unbedingt halten, dann darf dabei nichts, aber auch gar nichts schiefgehen.«

Wenn Beate Bürgermeisterin bleiben wollte – und das wollte sie auf jeden Fall, allein, um dem Jungspund das Grinsen aus dem Gesicht zu wischen –, war da etwas dran. Nachdem er den Raum verlassen hatte, sah sie zu Franziska. »Na, dann heißt es jetzt wohl Daumen drücken, dass von den übrigen Schauspielern keiner mehr stirbt.«

*

»Immer mit der Ruhe!« Gerhard stand in der Mitte der Bühne, die versammelten Darsteller um ihn herum. Valeria befand sich ein wenig abseits und knabberte an ihrem Daumennagel. Um ein Haar wäre es zur Katastrophe gekommen. Nicht genug damit, dass Martin tot war, der junge Polizist, Huber, hatte darauf bestanden, dass der Riedl getötet worden war. Man müsse den Tatort absperren, hatte er gemeint. Aber wer hätte den langweiligen Martin ermorden wollen? Noch dazu, wo ohne ihn vermutlich niemand mehr Post in Lendnitz bekommen würde. Wenn jeder ein Motiv hätte, der falsche Post im Briefkasten gefunden hatte, wäre der ganze Ort verdächtig. Aber daran hatten sich alle längst gewöhnt. Und eine Sperrung des Tatorts hätte natürlich das Ende der Proben und, nicht auszudenken, möglicherweise der Aufführung selbst bedeutet. Gott sei Dank hatte dieser Wilkinson der Mordidee Einhalt geboten, seinen Assistenten hinausgescheucht und die Sache zum Unfall erklärt.

»Markus' … Martins Tod ist schrecklich für uns alle«, sagte Gerhard.

Anna Deixler, mit rot geränderten Augen, nickte heftig, und auch Marisella Kleinschmidt schluchzte auf.

»Denn: Wer spielt jetzt unseren Mercutio?«, fragte Gerhard.

»Sich so deppert benehmen und uns allein lassen«, murmelte Walter und sprach Valerias Gedanken laut aus. »Das ganze Stück in Gefahr bringen!«

»Trotzdem werden wir uns nicht unterkriegen lassen«, fuhr Gerhard lauter fort. »Wir werden uns durch diesen herben Rückschlag nicht entmutigen lassen, tapfer werden wir neuen Gefahren ins Auge blicken, mutig Schlachten schlagen, bis wir zur Premiere mit neuer Besetzung siegreich dem Publikum gegenüberstehen!«

Valeria kniff die Augen zusammen, während Anna wieder heftig nickte.

»Wenn der Walter den Mercutio …«, begann Peter.

»Die Lendnitzer Bevölkerung zählt auf uns, wieder Normalität ins Chaos zu bringen, ihre Welt wieder zu ordnen.«

Walter legte den Kopf schräg.

»Ich meine, der Martin war ja der Mercutio. Wenn jetzt aber der Walter …«, begann Peter erneut.

»Ich bin der Romeo!« Jetzt schaute Walter empört auf.

»Ja, aber wenn der Walter den Mercutio spielt, dann bräuchte man halt jemand anders für den Romeo, also, der Walter macht den Mercutio und dann könnte ich …«

»Sehr gut, Peter.« Gerhard nickte nachdenklich. »Jemand mit Erfahrung vielleicht, jemand, der sich im Theater auskennt. Ja, ich denke, die Idee ist gar nicht so schlecht. Walter, du bist unser Ersatz-Mercutio, und ich höchstselbst werde das Opfer bringen und für unsere hinreißende Valeria, also Julia, also …«, er verhedderte sich, »der Romeo sein.«

»Was?«, ertönte ein mehrfacher Männerchor.

Valeria war es gleich, Hauptsache das Stück fiel nicht ins Wasser. Walter, Gerhard, da war ohnehin kein großer Unterschied, eher sah der Gerhard noch besser aus mit seinen silbergrauen Schläfen. So was hatte der George Clooney auch, das war fesch. Stand zumindest in den Zeitungen.

»So hatte ich das nicht gemeint!«, rief Peter.

»Was wird dann aus unseren Zweierproben?«, empörte Walter sich.

»Zweierproben? Ja, ja, genau. Ich denke, das ist die beste Lösung. Zweierproben müssten die Valeria und ich dann ansetzen, eh klar.«

»Eh klar«, murmelte Peter mit zusammengezogenen Augenbrauen und steckte die Hände in die Hosentaschen. »Wer trägt jetzt eigentlich die Post aus?«

»Der Regieplan steht ja so weit«, fuhr Gerhard an Angelika gerichtet fort, »den kannst du ohne Weiteres umsetzen. Da kann ich dann beruhigt schauspielern, du übernimmst die Regie voll und ganz.«

Besagte Assistentin nickte knapp und nahm kaum die Augen vom Textheft, in dem sie eifrig herumschrieb.

»Du wirst langsam flügge, mein kleines Regieküken.« Gerhard legte einen Arm um sie.

Ihre wachen Augen flitzten auf dem Papier hin und her, sie zählte kurz die Darsteller ab, machte weitere Notizen und nickte Gerhard schließlich zu. »Alles im Griff«, sagte sie und Valeria glaubte es ihr. Wenn sie an die letzten Proben dachte, konnte der Wechsel Gerhards vom selbstverliebten Regisseur zum selbstverliebten Schauspieler ein Gutes haben. Von Angelika konnte sie sicherlich noch viel mehr lernen. Sie hoffte auf Standing Ovations. Und eine Kritik in der Kleinen Zeitung: ›Nicht nur schön, sondern vor allem talentiert.‹

Marisella Kleinschmidt riss sie aus ihren Tagträumen. »Vielleicht sollte ich dann die Julia …«, schlug die Fleischergattin vor.

Anna Deixler streckte die Brust heraus. »Du? Also, ich denke, ich …«

»Ihr habt sie ja nicht mehr alle«, brummte Walter, der sich mit verschränkten Armen an den Bühnenrand stellte und Gerhard mit düsteren Blicken bedachte.

»Na, wenn wir ohnehin schon umstrukturieren, könnten wir doch auch …«

Gerhard hob eine Hand. »Valeria bleibt unsere Julia, da gibt es keine Diskussion. Alle Rollen wie gehabt, nur unser guter Martin muss ersetzt werden.«

Valeria nickte. *O Romeo, Romeo – Warum bist du Romeo?* Das konnte weder Marisella noch Anna gut genug seufzen. Marisella! Die war doch mindestens 50.

»Die Amme ist ja auch viel wichtiger«, sagte Anna und schnürte die Bluse ihres Dirndls enger.

»Und die Bäuerin Montague hat weit mehr Gewicht.« Marisella strich sich ihren Haarkranz zurecht.

Walter kicherte. »Mehr Gewicht. Wo du recht hast …«

»Ach ja? Schau dich mal an, du … Mercutio!«, schnaubte Marisella.

Walter schmollte.

»Wir müssen über den Diener sprechen«, sagte Peter. »Und wer trägt jetzt eigentlich die Post aus?«

Gerhard sah ihn an. »Der Diener? Oh, du meinst dich? Nein, nein, das muss eine stumme Rolle bleiben.«

»Mein Name …«

»Dein Name steht auf dem Plakat. Das reicht.«

»Wo sind die Plakate eigentlich?« Anna reckte den Hals. »Ich würde sie gern … anschauen. Bevor sie aufgehängt werden. Nur … anschauen. Hat zufällig jemand meinen Edding gesehen?«

Valeria fand, es war Zeit, dass sie die Bande mal wieder an die eigentlich wichtigen Dinge erinnerte. »Können wir dann jetzt proben? *Es war die Nachtigall, und nicht die Lerche*!«

Mit einem lauten Rumms wurde die Scheunentür aufgerissen und Regina hetzte durch den Saal zur Bühne. »Bin ich schon dran?«

*

Es war schon fast sieben, als Beate von ihren Haushaltsberechnungen aufblickte. »Franziska?«

Sofort steckte ihre Sekretärin den Kopf durch die Tür. Beate seufzte. »Was machen Sie denn noch hier? Sie hätten schon vor zwei Stunden nach Hause gehen sollen.«

»Ich hatte zu tun.« Franziska hielt ein Wahlplakat in die Höhe: ›Kevin Eisinger for Mayor – wählt unseren dynamischen Jungpolitiker‹. Sein Porträt war mit einem

Schnurrbart verziert, sein strahlendes Lächeln wies nun einen schwarz verfärbten Schneidezahn auf. »Ich habe den Nachmittag sinnvoll genutzt und einen Spaziergang gemacht.«

Beate sah auf ihre mit Blumen verzierte Liste. »Dann hatten wir ja beide einen produktiven Tag.« Sie stand auf und nahm ihre Handtasche. »Jetzt aber ab nach Hause mit Ihnen.«

Nachdem sie sich von Franziska verabschiedet und ihr Büro abgeschlossen hatte, trat Beate nach draußen und atmete tief durch. Es war zwar nicht mehr so heiß wie am Tag, aber schwül, vielleicht würde es noch ein Gewitter geben. Von der gegenüberliegenden Straßenseite grinste sie ein zahnloses Kevin-Eisinger-Plakat an.

Sie versuchte, sich das Lachen zu verkneifen. Wer wusste schon, was dem Jungspund einfiel, um ihr eigenes Wahlplakat zu verunstalten?

Zu Hause übte Peter einmal nicht die Rolle des Romeos, sondern saß auf dem Wohnzimmerteppich, um sich herum tausende von Papierschnipseln. Einer war noch groß genug, dass Beate das Wort ›Julia‹ lesen konnte. Er hatte offenbar das Textheft in Konfetti verwandelt.

»Eine Frechheit ist das, eine bodenlose Frechheit!«, schimpfte er und warf eine Handvoll der Papierschnipsel in die Luft, dass sie auf ihn herunterrieselten. »Degradiert wurde ich! Ich!«

»Sie haben dir die Rolle des Dieners weggenommen?«, fragte Beate und holte den Staubsauger aus der Abstellkammer.

»Sie haben mir die Rolle des Dieners gelassen!« Er sprang auf und wedelte aufgebracht mit den Händen in der Luft herum.

Beate zog die Nase kraus.

»Ach, da hätte der Martin überhaupt nicht die Treppe hinunterfallen müssen, wenn ich dann ohnehin weiter der Diener bleibe.« Peter trat wütend noch einmal nach dem Textheftkonfetti, dann stapfte er aus dem Zimmer. Beate stellte den Staubsauger an. Und dann hoffte sie, dass noch eine gute Flasche Rotwein in der Abstellkammer war.

*

Valeria nippte an ihrem Wasserglas. Manuel hatte sie heute ausführen dürfen. Trotz seiner Schwätzerei. Auf die anderen hatte sie auch keine Lust. Aber allein daheim war erst recht fad.

»Magst nicht doch einen Wein?«, fragte er und streckte schon die Hand, um den Kellner zu rufen. Sie saßen wieder einmal im Café Centrale – viele Alternativen hatte Lendnitz nicht zu bieten – und Valeria tat so, als bemerke sie nichts von den neidischen Blicken, die Manuel von den Nachbartischen zugeworfen wurden.

»Morgen in der Früh ist Probe«, sagte sie. »Mit der neuen Besetzung müssen wir einiges aufholen. Außerdem will ich endlich diese depperten Liebesszenen hinbekommen! Da muss ich vorher noch üben. Das ist einfach …« Sie fuhr sich durch die Haare. Es war wie verhext, ihr Problem mit der Kussszene. Sah sie einen Mann aus ihren dunklen Schokoaugen nur an, so schmolz er dahin, und jetzt auf der Bühne, wo sie ihren Romeo schmachtend anschauen sollte, erntete sie nur verwirrte Blicke. ›Valeria, du siehst aus, als hättest du das Bügeleisen angelassen und müsstest schleunigst nach Hause. Du liebst deinen

Romeo! Sehnsucht, Begierde!‹, konnte sie Gerhard noch sagen hören. Angelika hatte bei den Worten schmerzhaft das Gesicht verzogen, aber genickt.

Jede andere Szene ging Valeria leicht von der Hand, sie konnte den Text im Schlaf, auch ohne Kostüm nahm man ihr nach einem gehauchten *O Romeo* die tragische Julia ab, nur … ihren Romeo anhimmeln, das wollte ihr nicht gelingen. Vielleicht lag es an Walter? Walter war doppelt so alt wie sie und hatte einen Bierbauch. Kein Wunder, dass es bisher nicht geklappt hatte. Gerhard war zwar auch so alt wie Walter, sah aber besser aus. Vielleicht würde es mit ihm gehen. Sie drehte sich zu Manuel, der übers Eck neben ihr saß, und übte einen verliebten Blick.

»Ist dir nicht gut?« Besorgt legte er den Arm um ihre Schulter. »Valeria. Schöne Valeria …« Er lehnte seinen Kopf an ihren.

»Alles in Ordnung. Es ist nur diese Kussszene …« Sie rückte von Manuel ab.

»Es gefällt mir nicht, dass du andere Männer küsst.«

»Möglicherweise finde ich Gerhard attraktiver als Walter. Er ist ja der Regisseur und kennt sich aus. Das ist beeindruckend. Oder ich stelle mir doch vor, er wäre George Clooney.« Manuel sah sie beleidigt an. Was hatte der nun wieder?

»Verstehst du nicht, dass es mich traurig macht, wenn du jemand anderen küsst?«, fragte er.

»Wieso das denn?« Sie sollten zahlen. Manuel schien durcheinander zu sein und sie selbst musste den Text noch einmal durchgehen.

»Weil ich der Einzige sein will, den du küsst!«

»Aber ich küsse dich doch gar nicht.«

»Genau das«, Manuel legte einen Finger unter ihr Kinn, »sollten wir ändern.«

»Gott, bloß nicht!« Valeria zuckte zurück. Wie kam der jetzt auf so einen Unsinn? »Ich muss nach Hause. Proben.«

Mich rufen Freuden über alle Freuden

(3. Aufzug, 4. Szene)

Chefinspektor a. D. Fritz Reichel der Polizei Lendnitz schüttelte fluchend die linke Hand. In der rechten hielt er immer noch die Spitzhacke, mit der er sich beim Unkrautjäten gerade beinahe selbst verstümmelt hätte. Er wollte aufstehen, um sich ein Pflaster zu holen, als ihm ein stechender Schmerz durch den Rücken fuhr. Nicht das auch noch. Er fluchte erneut und hockte sich wieder hin.

»Chef! Chef!«

Irgendwo über ihm hörte er eine junge Stimme hektisch rufen. Er schloss die Augen. Als er sie wieder öffnete, blickte er in Hubers besorgtes Gesicht. Sein ehemaliger Assistent stand auf der anderen Seite des Gartenzauns und sah zu ihm hinunter.

»Alles in Ordnung«, grummelte Reichel. »Ich muss nur den Girsch hier beseitigen. Wichtige Arbeit. Nicht aufschiebbar.«

Huber nickte verständnisvoll. »Ich wollte Sie bloß auf den neuesten Stand bringen, Chef! Die Ergebnisse der Blutuntersuchung sind da!«

»Welche Blutuntersuchung?« Reichel fasste die Spitzhacke langsam und vorsichtig, zuckte vor Schmerz zusammen – waren das die Bandscheiben? – und tat noch ein bisschen langsamer.

»Na, die Putzfrau, die Katarina Wischniewski! Der zweite Teil des Doppelmords!«

Ach ja, der Doppelmord. Wo war eigentlich dieser Wilkinson? Wieso schlug der sich nicht mit Huber herum? Das grenzte an Verletzung der Aufsichtspflicht. Er konnte hören, wie Huber sich auf der anderen Seite der Hecke räusperte und unruhig von einem Bein aufs andere trat. Schließlich hielt der junge Mann es nicht mehr aus. »Sie wurde vergiftet!«

Reichel zog an einem kleinen Pflänzchen, das sich trotz Spitzhacke nicht aus dem Boden lösen lassen wollte. Es hatte zu viele Wurzeln.

»Schlafmittel, in Alkohol aufgelöst. Wir haben eine leere Whiskeyflasche auf dem Küchentisch gefunden. Entweder der scharfe Geschmack hat die Schlafmittel überdeckt oder man hat ihr das Getränk gezwungenermaßen eingeflößt.« Hubers Augen leuchteten.

Reichel fixierte die kleine unscheinbare Pflanze, holte noch einmal Luft und zog mit der unverletzten rechten Hand. Grüner Blattsaft klebte nun am Handschuh, die Wurzeln hatten sich kein Stück gelockert.

»Welche Theorie verfolgt denn Chefinspektor Wilkinson?«, fragte er.

Damit war nicht nur das Leuchten verschwunden, Hubers ganzer Körper schien einzuknicken. »Der glaubt an einen Unfall«, murmelte er. »Versehentliche Überdosis.«

»Versehentliche Überdosis?« Reichel brauste auf. »Am helllichten Tag bei der Arbeit? Mit Verlaub, Huber, das ist Unsinn.« Im gleichen Augenblick bereute Reichel seine Worte, denn Hubers Leuchten war mit einem Schlag wieder da.

»Nicht wahr, Chef? Ich wusste, dass Sie das so sehen würden, Chef! Wann machen wir uns an die Zeugenbefragungen?«

»Ich bin immer noch pensioniert.«

»Das weiß doch keiner!«

»Ihr Chef ist immer noch Wilkinson.«

»Das weiß erst recht keiner!«

»Ich muss immer noch wichtige grundlegende Arbeiten in meinem Vorgarten erledigen.«

Huber kaute auf seiner Unterlippe und legte den Kopf schräg. »Sie haben recht, Chef. Es ist wohl an der Zeit, dass ich den Tatsachen ins Auge blicke.« Er schluckte. »Mein Chef ist … Wilkinson. Ich werde mir ein Beispiel an Ihnen nehmen. Eine Scheibe von Ihrer Gelassenheit abschneiden, ein bisschen wie der legendäre Fritz Reichel a. D. werden.« Er salutierte ungeschickt. »Und jetzt wünsche ich viel Erfolg in Ihrem Vorgarten.«

Der legendäre Fritz Reichel? Als er seinem Assistenten – seinem ehemaligen Assistenten! – nachblickte, verspürte Reichel ein seltsames Gefühl in seiner Magengegend. Enttäuschung? Trauer? Es war sicher nur Hunger. Genau, er brauchte ein Pflaster und etwas zu essen. Entschlossen ging er ins Haus, um sich zu verarzten, und freute sich schon auf die Kasnudeln, die Elisabeth in der Früh vorbereitet hatte.

*

»Frau Bürgermeisterin, wir müssen über den Wahlkampf reden!« Schmiedemeier betrat das Büro, seine schwarze Brille mit den dicken Gläsern in der einen, seinen Aktenkoffer in der anderen Hand.

Beate seufzte. »Wir hatten alles geklärt. Reales Theater gegen Freizeitpark-Wunschtraum.« Damit würde sie gewinnen, das konnte doch gar nicht anders sein. Die eine Hälfte der Lendnitzer Bürger bestand aus Realisten, die andere Hälfte musste eben von der schönen Valeria bezirzt werden.

Franziska, die neben Beates Schreibtisch stand, nickte. »Der dynamische Jungspund hat keine Chance.«

Umständlich setzte Schmiedemeier sich seine Brille auf, fasste in die Innentasche seines Sakkos und holte ein klein gefaltetes Flugblatt heraus, das er Beate reichte. »Haben Sie das gelesen?«

»›Utopie im Theater: Ist das Projekt unserer Bürgermeisterin noch zu retten? Ein Kommentar von Kevin Eisinger‹. Mit Bild.« Beate sah von dem Text auf. »Das wird in Lendnitz verteilt?« Sie gab das Papier an Franziska weiter, die einen kurzen Blick darauf warf, sich einen Stift von Beates Schreibtisch schnappte und Kevin Eisingers Porträt mit einer Zahnlücke verschönerte.

»Wir brauchen eine Gegendarstellung.« Schmiedemeier setzte sich auf einen Sessel vor den Schreibtisch, platzierte seinen Aktenkoffer auf den Knien und ließ ihn aufspringen. »Ich habe da auch schon eine Idee.« Wieder holte er einen Stapel Broschüren nach dem anderen hervor.

»*Riverdance*?«, las Beate vor. »*Starlight-Express*? Schmiedemeier, wir haben eine alte Scheune, in die Schreinermeister Werding eine Holzbühne gezimmert hat.«

»Auch den Einbau eines Gartenteichs als Bühnenelement mussten wir verbieten«, ergänzte Franziska. »Ganz zu schweigen von den brennenden Baumstämmen.«

»Julias Balkon ist heruntergefallen und hätte beinahe die Amme erschlagen, sodass die Szene jetzt im Garten unter einem stilisierten Baum stattfindet«, erläuterte Beate.

Walter Kirschner hatte das Kindergartenbild eines Neffen mitgebracht und an eine der Pappwände gepickt. Die blauen runden Früchte wirkten besonders gelungen.

»Äh.« Schmiedemeier, Broschüren in beiden Händen, schaute von Beate zu Franziska und umgekehrt.

Beate zuckte mit den Schultern. »Mit Außergewöhnlichem können wir nicht punkten. Unsere einzige Hoffnung liegt darin, dass das Theaterstück halbwegs funktioniert und Kevin Eisingers Freizeitpark ins Wasser fällt.«

Schmiedemeier kaute auf seiner Unterlippe. Dann legte er die Broschüren zurück in den Aktenkoffer, schloss diesen und kniff die Augen zusammen. »Wir brauchen einen anderen Ansatz.«

»Ganz genau.«

Er wiegte seinen Kopf hin und her, kniff die Augen zusammen sagte schließlich: »Die Polizei.«

»Wilkinson?«, stöhnte Franziska.

»Sicherheit ist ein großes Thema für die Bürger. Ein Theater, freilich, Kultur, schön und gut. Aber das wird Kevin Eisinger mit seinem Freizeitpark nun übertrumpfen. Wir kümmern uns also um die öffentliche Sicherheit.«

»Und wie genau werden wir das tun?«, fragte Beate vorsichtig, während sie an die Lendnitzer Haushaltskasse und Wilkinsons Umbau des Polizeikommandos dachte.

»Polizeipräsenz«, sagte Schmiedemeier. Er faltete die Hände im Schoß und beugte sich zu Beate vor. »Sie haben doch diesen Todesfall im Theater.«

»Das war ein Unfall.«

»Na, Gott sei Dank! Einen Mord können wir uns nicht leisten. Nicht nach den vielen Morden im letzten Jahr. Wir haben den Bürgern Sicherheit versprochen, wir haben das Budget erhöht und die Polizeipräsenz aufgestockt. Oh, bloß kein Mord!« Er schauderte. »Alle Einlösungen unserer Wahlversprechen würden zunichte gemacht, das verursacht zu viel Angst, zu viel Unsicherheit. Nein, ein Unfall ist wunderbar. Gemeinsam mit der Lendnitzer Polizei und der Freiwilligen Feuerwehr – oh ja, die Feuerwehr ist fotogen! Wir sollten über einen Kalender nachdenken –, also dieser Vorfall wird auf Initiative unserer Bürgermeisterin restlos geklärt und Gegenmaßnahmen werden ergriffen.«

»Chefinspektor Wilkinson hat den Fall schon zu den Akten gelegt.«

»Umso besser! Dann machen wir einen Termin auf der Feuerwache. Unfallursache beseitigen, Sicherheitsvorkehrungen treffen. Frau Bürgermeisterin, wir brauchen etwas Vorzeigbares. Dann können wir es in der Kleinen Zeitung bringen.«

»Hm.« Beate überlegte. »Wir könnten den Werding vielleicht noch ein Stiegengeländer schreinern lassen.«

»Was ist mit der Putzfrau, die im Koma liegt? Die ist ja nicht die Stiegen hinabgefallen. Lässt sich da vielleicht eine Kampagne gegen das Komasaufen planen? Ist Alkohol sicher die Ursache? Ich denke da an Suchtprävention, die Anonymen Alkoholiker und so …«

Beate seufzte. »Franziska, rufen Sie mal im Polizeikommando an.«

Während ihre Assistentin nach der Nummer suchte, murmelte sie: »Hoffentlich ist Herr Wilkinson nicht in der Mittagspause. Hoffentlich ist der Chef höchstpersönlich da. Nicht, dass ich … hups. Jetzt hab ich mich verwählt. Huber! Wie geht es Ihnen? Die Bürgermeisterin hat ein dringendes Anliegen …«

*

»Chef! Chef!« Huber winkte vom Gartenzaun.

Hatte der sich nicht vor zwei Stunden noch traurig verabschiedet und versprochen, nie wiederzukommen? Reichel sollte aufhören, so viel Gin in seine Limonade zu mischen.

»Wir haben einen Auftrag!«

Reichel zog die Augenbrauen zusammen.

»Von der Frau Bürgermeisterin höchstpersönlich.«

»Worum geht es da?«, fragte Reichel vorsichtig.

»Sie glaubt auch an einen Mord.« Triumphierend hob Huber die Hand. »Sie bittet uns, in diesem Fall zu ermitteln und den Mörder zu fassen.«

»Das hat sie gesagt?« Reichel hatte die Erfahrung gemacht, dass Politikern Unfälle grundsätzlich lieber waren als Morde. Außerdem schalteten sie sich generell eher selten mit Meinungen in laufende Ermittlungen ein, höchstens, um abzuwiegeln.

Huber nickte. »Ich kann zwischen den Zeilen lesen.«

Reichel verzog anerkennend den Mund. In all den Jahren bei ihm hatte der junge Mann etwas gelernt.

»Das Theater ist ja das Projekt der Bürgermeisterin«, überlegte Huber.

Reichel runzelte die Stirn. »Ich habe sie neulich mit deutlich zu viel Alkohol im Billa getroffen. Offenbar bereitet ihr das Theater Sorgen. Sabotage würde ins Bild passen. Es könnte gut sein, dass sie schon jemanden im Sinn hat, der das Projekt behindern will«, ergänzte Reichel. Er beugte sich hinunter, um den Pflanzstock in die Erde zu stecken, dann richtete er sich wieder auf, die Spitzhacke in der rechten Hand. »Wenn der Unfall nun gewollt war«, begann er zu überlegen, »um das Theaterprojekt zu sabotieren, Huber, dann hätten wir plötzlich einen ganzen Kreis von Verdächtigen!«

»Dann dürfen wir unsere Untersuchungen nicht nur auf die Schauspieler und deren Umfeld begrenzen. Chef, dann müssen wir richtige Nachforschungen anstellen. In ganz Lendnitz!« Hubers Augen bekamen wieder einen verdächtigen Glanz.

»Als Erstes muss eine Zeugenbefragung vorgenommen werden. Ob es verdächtige Umtriebe gab, andere Vorfälle, die den Darstellern möglicherweise noch harmlos vorkamen, die aber erste Versuche waren, die Aufführung in Gefahr zu bringen.«

»Genau, Chef! Wir sollten sofort losfahren. Die heutige Probe hat schon angefangen.«

»Wir, Huber? Nein, nein, nein. Ich muss pflanzen.«

»Aber die Frau Bürgermeisterin hat ausdrücklich um Ihre Unterstützung gebeten.«

»Ausdrücklich?«

»Ich kann doch zwischen den Zeilen lesen.«

»Mein Vorgarten verlangt immer noch meinen vollen Einsatz.«

Huber ließ den Kopf hängen. »Vielleicht …« Er blickte wieder auf und deutete auf die Spitzhacke in Reichels Händen. »Vielleicht könnte ich Ihnen beim Unkrautjäten helfen?«

Misstrauisch sah Reichel seinen Assistenten – ehemaligen Assistenten! – an. »Müssen Sie nicht einen Mord aufklären?«

»Einen Fast-Doppelmord!« Huber strahlte schon wieder über das ganze Gesicht. »Aber wissen Sie, ich dachte, Gartenarbeit hilft dabei, die Gedanken zu bündeln, zu fokussieren, so ganz informell natürlich. Dann könnten wir uns, also ich mir natürlich, überlegen, wie wir, also ich, nun weiter vorgehen wollen.« Huber zappelte herum. »Dann hätten Sie ja auch einen freien Nachmittag, Chef. Vielleicht hätten Sie Lust auf ein bisschen Kultur. Ich habe gehört, im Theater findet wieder eine Probe statt, die könnten Sie sich ansehen.«

»Und warum sollte ich das tun?«, fragte Reichel. »Ich habe hier Zitronenlimonade.« Und Gin.

Huber ließ die Schultern hängen.

Reichel öffnete den Mund, schließlich seufzte er. »Wenn ich heute Nachmittag mit Ihnen diese verdammte Theatertruppe befrage, geben Sie dann endlich Ruhe?«

»Ruhe? Aber dann geht es doch erst richtig los!«

Reichel sah seinen Assistenten streng an.

»Wenn wir einen Beweis finden, dass es Mord war«, überlegte Huber, »könnte ich Chef… Chef… Inspektor Wilkinson dazu kriegen, dass er die Ermittlungen aufnimmt.« Glücklich sah er dabei nicht aus. »Ja, Chef. Wir befragen heute die Theaterdarsteller, danach lasse ich Sie in Ruhe.«

Gut. Genau das war Reichels Ziel. Sich endlich ausschließlich um seinen Vorgarten zu kümmern. Er drückte Huber die Spitzhacke in die Hand. »Sie haben Glück, dass ich gerade Rückenprobleme habe.«

Was Huber mit diesem Chef… Chefinsp… diesem Wilkinson machte, war ihm doch egal. Er war pensioniert. Er genoss die Gartenarbeit. Und seine Zitronenlimonade. Mit Gin.

»Die Probe hat schon angefangen«, erklärte Huber auf dem kurzen Weg zur Eisner-Scheune. Reichels Auto war im Gegensatz zu Hubers Dienstwagen klimatisiert, deshalb hatte er darauf bestanden, selbst zu fahren.

»Ich habe mir einen Plan geben lassen, damit ich immer weiß, wann ich die Schauspieler dort erreichen kann.« Wenn Huber eines war, dann gut organisiert.

»Nur noch einmal zur Erinnerung: Ich tue Ihnen diesen Gefallen, damit Sie mich danach in Ruhe lassen«, ermahnte er, als er auf den Parkplatz vor der Scheune einbog.

»Gut, dass wir Ihren Sachverstand für die Verdächtigen haben«, sagte Huber statt einer Antwort und sprang aus dem Auto.

Reichel öffnete das Handschuhfach. »Hatte ich nicht irgendwo noch ein Aspirin?« Die konnte er gleich doppelt gebrauchen: Seinen Rücken musste er auch noch therapieren.

Nachdem Huber ihm eilfertig eine Tablette gereicht und Reichel sie trocken hinuntergewürgt hatte, betraten sie die Scheune.

Die große Eingangstür gab Raum zu einem Saal, in dem vor der Bühne ein paar Sessel standen. Die Reihen würden wohl erst nach und nach bestückt werden, aber es gab gut und gerne Platz für 200 Leute. Die Bühne selbst hatte man am gegenüberliegenden Ende eingerichtet, mit allem, was eine professionelle Bühne so brauchte. Nicht nur, dass es Scheinwerfer gab, auch ein Vorhang war vorhanden, hinter dem verborgen vor den Blicken der Zuschauer Abgänge zu beiden Seiten waren, die nach links hin sogar zu einem Flur und dann nach oben auf den Scheunenboden führten. Der Boden war, wie Reichel wusste, voll ausgebaut und hatte sogar fließend Wasser. Ursprünglich hatte dem alten Eisner mal die Idee vorgeschwebt, den Boden als Ferienwohnung zu vermieten, dann war ihm ein Schlaganfall dazwischengekommen. Alles war vorhanden: eine kleine Küche, ein Badezimmer und zwei weitere Räume, in denen sich die Schauspieler umziehen konnten.

Beim Eintritt der beiden Polizisten – des einen Polizisten und des Pensionärs – war die Probe unterbrochen worden. Ein Mönch, der gerade auf der Bühne stand und einen langen Stab mit sich herumtrug, sah verwirrt in ihre Richtung. Nach und nach kamen weitere Personen dazu, bis sich etwa zehn kulturschaffende Lendnitzer auf der Bühne versammelt hatten. Reichel erkannte Marisella Kleinschmidt, die Fleischergattin, und die schöne Valeria, die erhaben über den Geschehnissen zu thronen schien. Den einen oder anderen der restlichen Schauspieler hatte er vielleicht mal auf der Straße getroffen, Namen konnte er mit den Gesichtern jedoch nicht verbinden. Aber wenn man als Polizist einen Bürger nicht kannte, war das meist ein gutes Zeichen.

Mit Huber direkt hinter sich nahm Reichel schwungvoll die vier Stufen hinauf auf das Bühnenpodest.

»Wie ich gehört habe, spielen Sie ›Romeo und Julia‹?« Er positionierte sich breitbeinig vor den Schauspielern.

»Im Jauntal«, sagte der Regisseur, den Reichel von einem Foto aus der Zeitung kannte, und warf seinen weißen Schal zurück über die Schulter.

»Und die Amme!«, rief eine kleine Blondine mit Pausbäckchen. Dabei hob sie die Hand und stellte sich auf die Zehenspitzen. Das blaue Dirndl, das sie trug, unterstrich ihr naives Aussehen.

»Wie ich gehört habe, spielen Sie also«, Reichel räusperte sich, »Romeo und Julia und die Amme im Jauntal.«

»Nun, die Amme spielt sicherlich mit.« Der Regisseur lachte affektiert auf und strich sich eine Haarsträhne aus der Stirn. »Aber der Titel lautet nur ›Romeo und Julia im Jauntal‹. Das Stück ist von mir.«

»Ich dachte von diesem … Shakespeare?« Reichel sah seinen Assistenten an, der allerdings damit beschäftigt war, eifrig in sein Notizbuch zu kritzeln.

»Meine Adaption«, sagte der Regisseur. »Das Jauntal ist von mir.«

»Ich bin mir ziemlich sicher, dass es das immer schon gab«, bemerkte Huber abwesend und schüttelte seinen Kugelschreiber.

»Die Amme auch«, flüsterte die kleine Blondine.

»Wie dem auch sei.« Reichel hob die Stimme und faltete die Hände vor dem Bauch. »Wir untersuchen hier den«, er hüstelte und Huber fiel, nun ganz aufmerksam, mit fester Stimme ein: »Den Mord an Ihrem Schauspielkollegen Martin Riedl und der Putzfrau Katarina Wischniewski. Die noch nicht ganz tot ist.« Er sah sich um und fügte hinzu: »Aber fast.«

»Martin und Schauspielkollege, dass ich nicht lache.« Der dicke dunkelhaarige Mann im Kärntner Anzug wippte auf den Fußballen auf und ab. Er hatte zum braunen Trachtenanzug inklusive Pleamle-Weste und roter Krawatte wie der Regisseur einen hellen Schal kombiniert, der ihm lang den Bauch hinunterhing und erstaunlich schlecht zum Kärntner-Anzug passte. Mit einer ausladenden Geste wandte er sich an Reichel. »Nennen wir ihn vielleicht Aspirant.«

Peter Brandtner, der Mann der Bürgermeisterin, den Reichel von diversen Empfängen her kannte, nickte grimmig. »Und ich habe nur einen Satz«, presste er zwischen den Zähnen hervor.

»Das ist auch besser so«, gab der Nicht-Aspirant zurück. Dann musste er wohl der Hauptdarsteller sein, folgerte Reichel. »Sie sind der Romeo?«

Der dicke Dunkelhaarige warf ihm einen vernichtenden Blick zu, dann steckte er die Hände unter das Sakko. »Ich war es«, presste er schließlich hervor.

»Durch den schrecklichen, schrecklichen Tod von Markus ... Martin ... mussten wir umdisponieren«, erklärte der Regisseur. »Walter spielt nun den Mercutio und ich höchstselbst werde den Romeo geben.«

»Ah.«

»Ich dachte, es wäre kein Mord?« Die kleine Blondine hob wieder die Hand. »Gerhard hat gesagt, es wäre kein Mord.«

»Willi, also Chefinspektor Wilkinson, wir sind per Du« – der Regisseur lachte und versuchte dabei, es verlegen klingen zu lassen. Niemand hatte behauptet, dass Regisseure gute Schauspieler waren, dachte Reichel – »sagte mir, es wäre kein Mord.«

Reichel zupfte sich einen imaginären Faden vom Jackenärmel, was seine volle Konzentration verlangte. Genau genommen hatte er hier überhaupt keine Befugnis. Genau genommen sollte er in seinem Vorgarten die Beete umgraben. Genau genommen war Chefinspektor Wilkinson hier die Autorität und ...

»Nun. Chefinspektor *Reichel* untersucht einen Mord«, sagte Huber scharf und klopfte mit seinem Kugelschreiber auf das Notizbuch. »Möchte jemand die polizeilichen Ermittlungen behindern?«

Der Regisseur schüttelte schnell den Kopf und trat, die kleine Blondine eng neben sich, einige vorsichtige Schritte zurück.

»Wenn Sie mich fragen«, begann der Nicht-mehr-Hauptdarsteller, wurde jedoch von der schönen Valeria unterbrochen.

»Wir sind Ihnen gern bei allem behilflich, was Sie von uns wissen möchten«, erklang ihre glockenhelle Stimme. »Aber es wäre furchtbar nett, wenn wir Übrigen derweil auf der Bühne proben könnten.«

»Wie du jetzt an die Probe denken kannst! Martin ist tot.« Die Kleinschmidt steckte ihren Zopf zurecht, einen Haarkranz einmal um den Kopf herumgeflochten, der sie noch älter aussehen ließ, als sie ohnehin schon war – trotz der zwei roten Strähnen.

»Das ist er aber nun schon seit drei Tagen«, antwortete Valeria nüchtern und klemmte sich das Textheft unter den Arm. »Und in drei Wochen ist Aufführung, wir haben also keine Zeit zu vertrödeln.«

»Richtig! Vor allem die Kussszene muss geprobt werden!« Der Regisseur drängte sich nach vorn. »Fangen Sie mit Mercutio an, den brauchen wir nicht mehr.«

»Erst degradiert er mich zum Mercutio und dann kommandiert er mich auch noch herum. Was glaubt der eigentlich, wer er ist?« Die Empörung stand Walter Kirschner immer noch ins Gesicht geschrieben, als Reichel es sich mit ihm und Huber in der kleinen Küche neben den beiden Umkleideräumen der Schauspieler bequem gemacht hatte. Mit weit ausladenden Bewegungen fuchtelte er in der Luft herum und fegte dabei Hubers Stift vom Tisch.

»Soweit ich mich erinnere, der Regisseur«, murmelte Huber, während er sich nach seinem Kugelschreiber beugte. Er entging knapp einer unbeabsichtigten Ohrfeige, dann brachte er einen größeren Sicherheitsabstand zwischen sich und Kirschner und übertrug die Daten von dessen Führerschein in sein Notizbuch.

»Es hat auch seinen guten Grund, dass er Regisseur und nicht Schauspieler ist! Alles nur, weil er mir die Valeria nicht gönnt.«

»Ist die nicht ein bisschen jung für Sie?« Huber beäugte den 55-jährigen Kirschner.

»Reden Sie mir nicht von Altersunterschieden in Beziehungen!«, gab der zurück.

Hubers Ohren röteten sich, und Reichel entschied, einzugreifen. »Kannten Sie Martin Riedl gut?«

»Na, woher denn? Ich hab ein paar Szenen mit ihm gehabt, aber die zwischen Romeo und Julia sind weitaus wichtiger.«

»Hatten Sie privat Kontakt mit ihm?«

»Die Post hat er mir gebracht.« Walter Kirschner hob beide Hände, und Reichel lehnte sich vorsichtshalber in seinem Stuhl zurück.

»Hm.« Er sah den Schauspieler an. »Gab es in letzter Zeit seltsame Vorkommnisse? Hier bei den Bauernburschen?«

»Ha, und ob!« Walter schnaubte. »Erst habe ich die Rolle. ›Walter, deine Gestik ist hervorragend‹, hat er gesagt, und kaum ist der Martin tot, wird sie mir wieder weggenommen. Unter einem fadenscheinigen Vorwand, möchte ich betonen!«

»Ist Ihnen sonst etwas aufgefallen?«

»Der Peter Brandtner ist der schlechteste Schauspieler in ganz Kärnten, aber das können Sie in eineinhalb Wochen selbst feststellen.«

Reichel beschloss, deutlicher zu werden: »Gab es Probleme bei den Proben? Etwas, was die Aufführung behindern könnte?«

»Daniela Berger, die den Tybalt spielt, kann ihren Text nicht.«

»Das war dann fürs Erste alles, Herr Kirschner. Wenn Ihnen doch noch etwas einfallen sollte, melden Sie sich bei meinem Assistenten.« Bei Wilkinsons Assistenten. Ach, verdammt. Reichel rieb sich die Stirn, während Huber dem Schauspieler seine Karte zusteckte und noch einen eindringlichen Blick zuwarf.

»Wie viele Leute wirken bei diesem Stück mit?«, fragte Reichel.

»Ohne Martin Riedl neun.«

Reichel stöhnte. »Halten wir die Befragungen kurz.«

Viel Zeit zum Verschnaufen hatte er nicht, schon stapfte jemand mit schweren Schritten die Holzstiegen hinauf.

»Frau Kleinschmidt«, begrüßte er die Fleischergattin.

Mit einem Ächzen ließ sie sich ihm gegenüber auf dem Küchenstuhl nieder. »Schreckliche Sache das. Und das Maderl so mitgenommen! Anna Deixler«, fügte sie auf Reichels verwirrten Blick hinzu. »Sie spielt die Amme.«

Die kleine Blondine mit dem geflochtenen Haarkranz, er erinnerte sich.

»Den Martin kenn ich noch, da war er ein kleiner Bub. Auf den Kopf gefallen war er immer schon.« Marisella Kleinschmidt zuckte traurig mit den Schultern. »Seine Mutter ist gemeinsam mit mir zur Schule gegangen. Der hab ich das freilich nicht gesagt. Aber der Hellste war Martin wirklich nicht.« Sie machte eine eindeutige Handbewegung. »Feinde hat er allerdings nie gehabt. Das kann ich mir nicht vorstellen. Wer würde auch so einen einfältigen

Trottel umbringen wollen? Das war doch eh klar, dass der sich früher oder später selbst erledigt.«

Reichel sah die füllige Brünette an. »Das … danke für die ausführliche Erklärung«, sagte er schließlich.

Sie senkte gnädig den Kopf.

»Können Sie uns vielleicht noch verraten, ob es in letzter Zeit seltsame Vorkommnisse gab? Im Theater? Etwas, was die Proben behinderte, zum Beispiel?«

»Oh, und nicht zu knapp!« Sie rutschte ein wenig umständlich auf ihrem Stuhl hin und her. »Der Walter, Walter Kirschner, der hat die Proben ständig unterbrochen. Hier einen Schmäh gemacht, dort einen, und immer auf … Kosten anderer.« Sie strich sich eine aus dem Haarkranz gelöste Strähne zurück. »Wenn man jemanden wegen Beleidigung anzeigt, bekommt man dann Schmerzensgeld?«

»Nein.« Noch mehr Arbeit würde Reichel sich sicher nicht freiwillig aufhalsen! »Wir dachten eher daran, ob es eine Art … Sabotage gab? Am Stück?«

»Sabotage? Aber sicherlich! An meinem Kostüm!«

Reichel beugte sich nach vorn, und auch Huber ließ den Stift sinken, um interessiert zuzuhören.

»Mein Kostüm wurde ausdrücklich in Größe 38 bestellt und auch geliefert.«

Reichel nickte.

»Es passt mir nicht!« Sie stemmte die Hände in die Hüften.

»Ja, sehen Sie …«, begann Huber. Auf den drohenden Blick der Fleischergattin hin begann er zu stottern und brach ab.

»Mit Sabotage sind Sie hier auf der richtigen Spur, meine Herren Beamten«, sagte sie nachdrücklich und stand auf.

Huber strich die letzten beiden Sätze, die er sich notiert hatte, durch und verabschiedete sie.

Anschließend betrat der Mann der Bürgermeisterin den Scheunenboden. Den Kopf erhoben blickte er sich aufmerksam um, als sähe er die kleine Küche zum ersten Mal.

»Herr Brandtner«, begrüßte Reichel ihn.

»Von Brandtner, beinahe. Das können Sie ruhig aufschreiben«, sagte er zu Huber. »Meine adelige Abstammung ist leider noch nicht Allgemeinwissen.«

»Darf ich mal Ihren Ausweis sehen?« Huber nahm immer alles ganz genau. Er drehte den Führerschein in der Hand. »Also hier steht …«

»Leider noch nicht Allgemeinwissen.«

»Aber …«

»Es geht um Sabotage«, brachte Reichel den Sinn der Befragung auf den Punkt. »Können Sie sich vorstellen, dass jemand der Aufführung schaden möchte? Aus *politischen* Gründen vielleicht?«

»Für Politik ist meine Frau zuständig. Ich muss nicht arbeiten.«

»Herzlichen Glückwunsch«, murmelte Reichel und fragte sich, weshalb *er* eigentlich gerade arbeitete.

»Ist Ihnen in letzter Zeit etwas aufgefallen? Seltsame Vorkommnisse vielleicht?«

Brandtner nickte lange und ausgiebig. Dann stützte er die Hände auf den Tisch, sah sich nach rechts und nach links um und flüsterte schließlich: »Die Besetzung der Rollen.«

Als er nicht weiter erklärte, was er damit meinte, zog Reichel die Augenbrauen hoch. Da lehnte Brandtner sich zurück und sagte: »Völlig willkürlich und alles andere als nach Talent geordnet.«

»Ich habe gehört, dass Valeria Hausbichler, die die Julia spielt, eine hervorragende Darstellerin sein soll.«

Brandtner machte eine wegwerfende Handbewegung. »Ich spreche natürlich von den Männern.«

»Natürlich. Welche Rolle haben Sie denn?«

»Die des Dieners! Des stummen Dieners!«, platzte es aus dem Schauspieler heraus. Mit rotem Kopf erklärte er, weshalb diese Rolle eine bare Zumutung für jemanden wie ihn war. »*Ich weiß nicht, Herr*! Können Sie sich das vorstellen? *Ich weiß nicht, Herr*. Ein einziger Satz!«

»Hat der Regisseur die Rollen verteilt?«

»Offensichtlich ist er geschmiert worden. Mit rechten Dingen ging es da jedenfalls nicht zu. Haben Sie den Walter schon mal gestikulieren sehen?«

Hatte Reichel.

»Vielleicht steckt tatsächlich ein politischer Grund dahinter«, überlegte Brandtner. »Ja, das kann ich mir sogar gut vorstellen. Vielleicht kommunistische, anti-oligarchische Kräfte. Die Französische Revolution.«

»Die Französische Revolution?« Fragend blickte Reichel seinen Assistenten an, der mit den Schultern zuckte.

»Nieder mit dem Adel und so weiter. Sie wissen schon. Man will mir den Garaus machen.«

»Ich dachte, Ihr Titel ist leider noch nicht Allgemeinwissen.«

Brandtner zog vielsagend die Augenbrauen hoch. »Es reicht ja, wenn es in bestimmten Kreisen bekannt ist. Wenn das dann alles wäre.« Er stand auf und reichte den beiden Polizisten die Hand, anschließend beugte er sich noch einmal verschwörerisch vor. »Räuchern Sie die Kommunisten aus, meine Herren Inspektoren.« Er verschwand die Stiegen hinunter, und Reichel hatte nicht die Energie, ihn aufzuhalten.

»Wie viele von diesen verdammten Schauspielern gibt es da jetzt noch?«, fragte er und ließ den Kopf in seine Hände sinken. Er brauchte noch ein Aspirin. Und mehr Gin.

19. Probe:
Dienstag, 18. August

III. AKT – I. SZENE

Öffentlicher Platz. Mercutio, Diener, Tybalt.

MERCUTIO:
Bei meinem Kopf: da kommen die Capulets. Aber bei meiner Sohle: mich kümmert's nicht. *Ich spiel ja nicht mehr den Romeo. Da ist mir das so was von wurscht.*

REGIEASSISTENZ:
Super, Walter! Du bist ein hervorragender Mercutio!

TYBALT:
Servas … Mercutio. Ein …

REGIEASSISTENZ:
Ein Wort?

TYBALT *nickt dankbar:*
Ein Wort.

MERCUTIO:
Nur ein Wort? Mit Mercutio? *Wollt ihr nicht lieber mit Romeo sprechen? Der ich ja nicht mehr bin?*

BÄUERIN CAPULET *aus dem Hintergrund:*
Jetzt stell dich nicht so an! Ich spiel auch nicht die Julia. Und beschwer ich mich etwa?

MERCUTIO:
Dafür bist du auch etwa 40 Jahre zu alt.

BÄUERIN CAPULET:
Angelika! Darf der so mit mir sprechen?

REGIEASSISTENZ *laut:*
Kaum einen Tag älter als unsere Julia siehst du aus, Marisella!

JULIA:
Gebt noch was zu: Lasst es ein Wort und einen Schlag sein.
Himmelherrgott, Walter, nun mach halt endlich weiter!

DIENER *wandert gedankenverloren auf die Bühne:*
Mir ist langweilig. Kann ich hier herumstehen?

MERCUTIO:
Nun los dann. Gebt noch was zu: Lasst es ein Wort und einen Schlag sein. *Am besten auf Romeo. Aber, ach, …*

BÄUERIN CAPULET:
Jetzt halt endlich deine verdammte Goschen!

TYBALT:
Dazu … dazu …

REGIEASSISTENZ:
Dazu werdet Ihr mich bereit genug finden.

TYBALT:
Bereit genug … finden.

DIENER:
Für die Zuschauer ist das doch auch langweilig. Vielleicht könnten wir im Hintergrund einen Fernseher laufen lassen?

TYBALT:
Wenn Ihr .. wenn Ihr …

DIENER:
Oder ich mache einen Handstand. Walter, hältst du mir mal die Beine?

ROMEO *schlendert auf die Bühne:*
Wie weit seid ihr denn? Ich müsste langsam mal mit der Valeria die Kussszene …

MERCUTIO *drängt sich vor:*
Nein, musst du nicht. Ich bin noch neu als Mercutio. Das hast du jetzt davon.

DIENER:
Wenn der Walter es so hasst, den Mercutio zu spielen, dann könnte ich auch …

REGIEASSISTENZ *leise:*
Himmel, bloß nicht!
(Lauter:)
Tybalt!

TYBALT *schrickt zusammen:*
Anlass gebt. Wenn Ihr mir Anlass gebt!

JULIA:
Wieso kannst du eigentlich immer noch nicht deinen Text? So schwer ist das doch nicht!

ROMEO *fasst nach ihrer Hand:*
Lass uns diesen Amateuren entfliehen, meine Muse.

MERCUTIO:
Das tät dir so passen, hah?!
(Leise:)
Alter Lustmolch.

TYBALT:
Mercutio, du harmonierst mit Romeo.

ROMEO und MERCUTIO:
Was?

REGIEASSISTENZ *schließt die Augen und reibt sich die Stirn:*
Das war der Text.

APOTHEKER *hetzt auf die Bühne:*
Bin ich schon dran?

Erleichtert zog Valeria sich nach der Probe um. Es hätte wirklich schlimmer kommen können. Die Befragung durch die Polizei war kurz ausgefallen und die Probe nicht übermäßig gestört worden. Valeria selbst hatte Inspektor Reichel und seinem Assistenten nichts Nennenswertes berichten können, und auch die anderen schienen von dem Ersuchen eher verwirrt gewesen zu sein. Alle hatten mit den Schultern gezuckt. Gerhard hatte vehement die Unfall-Theorie von Chefinspektor Wilkinson verteidigt, aber mindestens genauso vehement betont, dass sich die Lendnitzer Bauernburschen nicht ins Bockshorn jagen lassen und stattdessen mit noch mehr Eifer fortfahren würden. Der Eifer war bei Walter dann überhaupt nicht zu finden gewesen, dafür hatte Anna Deixler darauf bestanden, dass die eine Szene zwischen Romeo und der Amme ›intensivst‹ geprobt werden müsse. Valeria hätte vorgezogen, Walters Gestik etwas einzudämmen, aber immerhin hatte sie mit Daniela ein wenig an ihrem Text üben können.

Nachdem Valeria ihr Dirndl-Kostüm säuberlich gefaltet und sich über die Wiese der Eisners auf den Heimweg gemacht hatte, stellte sie ihr Handy wieder an. Es war warm heute, aber nicht heiß, und sie genoss den kleinen Spaziergang übers Feld, die Sonne und vor allem die Aussicht auf die Karawanken. Kleine Mücken flirrten vor ihrem Gesicht herum, das Einzige, was sie anzipfte, war das Dauerklingeln ihres Telefons, was sie allerdings nicht überraschte. Sie hatte sich am Freitagabend mit Manuel getroffen, nun würden alle anderen aufholen wollen, das war ihr klar. Sie seufzte, schloss die Haustür auf und busselte ihre Chihuahua-Dame Molly ab. Das Telefon ließ sie weiterklingeln. Am liebsten hätte sie es auf lautlos gestellt, aber fürs Theater wollte sie immer erreichbar sein. Deshalb hatte sie ihren Schauspielkollegen und natürlich Gerhard einen eigenen Klingelton gegeben.

Jetzt läutete es an der Tür. Sie öffnete und sah sich einem riesigen Blumenstrauß gegenüber, den zwei Hände festhielten, unten lugten zwei Beine hervor.

»Oh.« Valeria hatte noch nie Blumen geschenkt bekommen. Ihre Kolleginnen im Krankenhaus bekamen hin und wieder welche geschickt, mit denen sie das Schwesternzimmer ausschmückten. Aber bei ihr hatte Martin Riedl, der für die Floristik Schweikert auch Blumen auslieferte, immer nur mit den Schultern gezuckt. ›Tut mir leid, Valeria, offenbar bin ich der Einzige, der dich wirklich liebt.‹ Dann hatte er ihr Schokolade überreicht. Ausgegangen war sie trotzdem nicht mit ihm, ihre Chihuahua-Dame Molly hatte ihn zu sehr angekläfft.

»Die Aushilfspost hier, Lieferung für Hausbichler«, nuschelte die Person hinter den Blüten hervor.

»*Geziert mit Blumensegen, das unbetränt zum Grab musst gehen von Liebesregen*«, rief Valeria begeistert.

»Ha?«

»Das ist Ophelia. Aus Hamlet.« Valeria seufzte. »Von wem sind die Blumen?«

»Da hängt irgendwo ein Zetterl.« Der Aushilfspostbote drückte ihr die Rosen in den Arm, und nun versperrte das Ungetüm ihr jede Sicht. »Ich muss weiter, Briefe austragen. Und das in der Affenhitze! Dieser depperte Riedl. Was fällt der auch die Stiegen runter. Ich mach doch nur ein Praktikum in der Stadtverwaltung.«

Valeria trat zwei Schritte zurück in ihre Wohnung, legte die Blumen auf einem Tischchen im Gang ab und suchte nach dem Zettel. ›Für meine Herzensdame. Manuel‹. »Ja, spinnt der jetzt?«, murmelte sie und richtete sich auf.

»Du bist das! Ich kannte deinen Namen nicht«, sagte der Praktikant in diesem Moment, als er sie wohl zum ersten Mal wirklich sehen konnte, nun, wo die Blumen zur Seite gelegt waren.

Den andächtigen Ton in der Stimme des Postboten kannte Valeria. Es war Zeit, ihn wieder zurück zur Arbeit zu schicken. »Danke für die Blumen«, sagte sie, »und vielleicht versetzt dich die Frau Bürgermeisterin ja, wenn du sie fragst.«

»Gehst du mit mir aus?« Er schien ihre letzten Worte nicht gehört zu haben.

Valeria seufzte. »Wie alt bist du?«

»17.«

»Ich bin 23.«

»Und wunderschön.«

Das wusste sie. Deshalb nannte man sie schließlich auch ›die schöne Valeria‹. Sie gab sich einen Ruck und beschloss, ihm ein Zuckerl hinzuwerfen. »Magst du Theater? Am 27. August haben die Bauernburschen Premiere. Ich spiel mit. Da kannst du gern hinkommen.«

»Ich weiß. Ich hab die Plakate aufgehängt.«

Sie konnte ihn noch mit glasigen Augen nicken sehen, bevor sie sich verabschiedete und die Tür schloss.

Im Haus der Tränen lächelt Venus nicht

(4. Aufzug, 1. Szene)

»Frau Bürgermeisterin?« Franziska klopfte an Beates Bürotür. Bevor sie Schmiedemeier ankündigen konnte, quetschte der sich neben ihr durch den Türstock. Franziska verschränkte die Arme vor der Brust, lehnte sich in die Tür und beobachtete den Wahlkampfberater, während Beate aufstand, um ihn zu begrüßen.

»Ich habe mich schon einmal gekümmert.« Er warf seinen Aktenkoffer auf den Schreibtisch, schob seine Brille die Nase hoch und ließ die Schlösser aufschnappen. Er entnahm gleich fünf Broschüren und hielt sie Beate hin. »Hier habe ich ein paar Muster herausgesucht.«

»Muster?«

»Für unseren Unfall. Die Sicherheitsvorkehrungen. Ich denke …« Aus den Untiefen seines Koffers holte er einen gelben Baustellenhelm – wie hatte der da hineingepasst? – und setzte ihn Beate auf den Kopf. »Sehr schön.« Er nickte zufrieden. »Solch ein Foto brauchen wir. Unsere Bürgermeisterin packt an. Keine Unfälle in Lendnitz mehr.«

»Aber …«

Es folgte eine Warnweste, die er sorgfältig auseinanderfaltete, ausschüttelte und schließlich so hielt, dass Beate nichts übrig blieb, als sie über ihren Blazer zu streifen.

»Ich weiß nicht recht«, sagte sie und zupfte am Bund.

Konnte man selbsternannte PR- und Wahlkampfberater austauschen?

»Gibt's die auch körperbetonter?« Franziska legte den Kopf schräg.

»Frau Bürgermeisterin?« Wilkinsons schneidende Stimme war unverkennbar und schon von Weitem zu hören. Mit ausgestreckten Armen betrat er den Raum. »Ich habe alles im Griff!«

»Das freut mich.« Beate hielt die Weste am Rücken zusammen. So behinderte sie wenigstens nicht bei normalen Bewegungen.

Die Hände noch in der Luft hielt Wilkinson inne. »Die Bauleitung wäre stolz auf Sie«, sagte er schließlich.

»Wir wollen Sie beim Umbau des Polizeikommandos auch moralisch unterstützen«, antwortete Beate geistesgegenwärtig.

»Es geht um die Sicherheit der Gemeinde!«, rief Schmiedemeier. »Und um die Wahl.«

»Sicherheit!« Wilkinson machte eine wegwerfende Handbewegung. Dann schien er sich zu erinnern, weshalb er ins Rathaus gekommen war. Er verschränkte die Hände hinter dem Rücken und hob das Kinn. »Allerdings frage ich mich schon, weshalb Sie meinen Assistenten in einem Fall bemühen, den ich längst abgeschlossen habe.« Er wippte von den Fußballen auf die Zehenspitzen und sah Beate auffordernd an.

»Dafür sind wir Ihnen auch sehr dankbar.« Vielleicht konnte sie dem Mann eine Urkunde verleihen, damit er glücklich war und sie nicht weiter behelligte.

»Es ging ja nur um Kleinigkeiten«, sagte Franziska, während sie den Baustellenhelm ein bisschen schräger drapierte. Beate strich sich eine Haarsträhne aus der Stirn und ergänzte: »Da dachten wir, müssen wir nicht Sie persönlich belästigen, Sie haben schließlich Wichtigeres zu tun.«

»In der Tat, in der Tat.« Er zwirbelte einen imaginären Schnurrbart und wirkte für einen Moment äußerst selbstzufrieden. Dann kniff er die Augen wieder zusammen. »Ein Mord ist keine Kleinigkeit.«

»M-M-M-Mord?« Seine Broschüren so fest in der Hand, dass die Knöchel weiß hervortraten, sank Schmiedemeier entsetzt auf einen der Sessel vor dem Schreibtisch. Er wirkte blass.

»Es geht um den Unfall, Schmiedemeier.« Beate lächelte ihm beruhigend zu.

»Mein Assistent hat es sich – dank Ihres Anrufs, möchte ich betonen – in den Kopf gesetzt, dass Martin Riedl ermordet wurde. Unterstützt wird er in diesem Unsinn durch diesen ehemaligen … diesen Reichel.«

Ein leichtes Stöhnen war zu hören.

»Keine Sorge, Schmiedemeier, das kriegen wir wieder hin.« Dann wandte Beate sich an Wilkinson: »Chefinspektor Reichel? Reißt sich um einen Fall?«

»Er leitet irgendwelche *Mordermittlungen*.« Wilkinson malte Anführungszeichen in die Luft.

»M-M-M-Mordermittlungen?«

»Wir machen viele schöne Fotos von mir in Helm und Warnweste, Schmiedemeier«, versuchte Beate ihn zu beruhigen. »Die Gemeinde wird sich sicherer fühlen als je zuvor.«

Ihr Wahlkampfberater nickte schwach. Franziska brachte ihm ein Glas Wasser.

Wilkinson blieb weiterhin breitbeinig stehen und fuhr fort, ohne Schmiedemeier zu beachten: »Natürlich hat der junge Huber keine Erfahrung, und seine Ausbildung unter diesem … diesem ehemaligen Dorfpolizisten, was kann man da schon erwarten? Kein Wunder, dass er einen Unfall nicht von einem Verbrechen unterscheiden kann. Und dieser … na, der Reichel kann offensichtlich seine Machtposition nicht loslassen.« Wilkinson straffte die Schultern. »Vermutlich wird auch die Tatsache, dass ich so viel besser bin als er, an ihm nagen. Er hat doch sein Lebtag keine Erfolge vorzuweisen gehabt.«

Nun, Chefinspektor Reichel hatte sich sicherlich nicht in die Arbeit gestürzt, aber das war nun auch unfair, fand Beate. »Er hat immerhin zwei Serienmörder geschnappt.«

Wilkinson presste die Lippen aufeinander. »Flausen setzt er meinem Assistenten in den Kopf«, sagte er schließlich. »Deshalb würde ich Sie auch bitten, mir nicht mehr hineinzupfuschen und sämtliche Anrufe an meinen Assistenten in Zukunft zu unterlassen. Machen Sie sich keine Sorgen, Frau Bürgermeisterin, den Rest regle ich. In Nullkommanichts haben wir wieder einen Unfall!« Er drehte sich um und rauschte ab.

»Sein Wort in Gottes Ohr«, seufzte Schmiedemeier.

»Vielleicht besser nicht«, flüsterte Franziska.

O Schlangenherz von Blumen überdeckt!

(3. Aufzug, 2. Szene)

Valeria räumte die Rosen zur Seite. Die Tulpen auch. Die Nelken. Die Kornblumen. Und all die anderen Schnittblumen, deren Namen sie nicht kannte. Noch nie hatte sie Blumen bekommen, und nun nahm die Flut an Sträußen kein Ende.

»Du hast wirklich viele Verehrer.« Angelika, die mit einem großen Jutesackerl voller Semmeln, Brezeln und Croissants zum Brunchen gekommen war, zog die Augenbrauen hoch.

»Das halbe Dorf offenbar.« Valeria hatte die Zetterl alle abgeschnitten und aufbewahrt. Nicht jeder, der ihr Blumen geschickt hatte, war unverheiratet. Oder über 16. Oder unter 85. Woher die plötzliche Flut kam, war ihr schleierhaft.

Während Valeria den Kaffee aufsetzte, deckte Angelika den Tisch. Es schien eher eine Brettljause denn ein Frühstück zu werden: Bauchspeck, Liptauer, Glundner Kas, Trockenwürstel und Salami hatte sie auch mitgebracht. In Valerias Kasten befanden sich die süßen Seiten des Frühstücks, Marillenmarmelade und Nutella. Schließlich saßen sie sich bei einem Häferl Kaffee gegenüber, und Valeria war mutig genug, ihre Frage zu stellen. »Angelika?«

Die Regieassistentin hatte mit Inbrunst in eine Semmel

gebissen, ihre Lippen glänzten ein wenig vom Speck. Mit vollem Mund nickte sie.

»Darf ich dich was fragen?« Valeria zögerte. Alle wollten immer etwas von Angelika, und jetzt behandelte sie ihre Freundin – ihre einzige Freundin! – genauso.

Angelika kaute schneller, schluckte hinunter und sagte: »Jederzeit.« Dann nahm sie ihre Brille ab, trank einen Schluck Kaffee und sah Valeria über den Rand ihres Häferls an. Sie hatte wirklich schöne Augen.

»Weshalb stehst du eigentlich nicht auf der Bühne? Hübsch genug für eine Hauptrolle bist du wirklich«, rutschte es Valeria heraus.

Angelika lachte und wurde rot. »Mir macht die Arbeit hinter der Bühne mehr Spaß.«

Valeria hob die Augenbrauen. »Vor allem, wenn du Knöpfe annähen und Joghurtbecher aufräumen musst.«

»Dann ein bisschen weniger, das stimmt. Aber wenn meine Darsteller genau das umsetzen, was ich mir gedacht habe, wenn das Bühnenbild und die Kostüme mit meinen Vorstellungen übereinstimmen und wenn dann der Vorhang zur Premiere aufgeht … Das Gefühl ist einfach unbeschreiblich.« Ein Leuchten lag auf ihrem Gesicht, das Valeria von sich selbst kannte, wenn sie in eine neue Rolle schlüpfte. »War das deine Frage?«

»Nein. Eigentlich wäre es auch mehr eine Bitte.«

Angelika legte ihren Kopf schräg.

»Ich weiß, dass du wahnsinnig viel zu tun hast. Mit den Proben, mit uns Schauspielern, den Kostümen, der ganzen Vorbereitung.« Sie holte Luft. »Aber meinst du, es wäre möglich, unter Umständen, vielleicht, also, dass wir gemeinsame Extra-Proben machen? Nur ein oder zwei. Ganz kurze!«, fügte sie schnell hinzu.

»Hattest du nicht Einzelproben mit Gerhard?«

»Wir haben viel voneinander lernen können.« Zuerst hatte er ihr ein paar Schauspielertricks beigebracht, dann sie ihm einen Karategriff. Der Rest der Probe hatte mit deutlicherem körperlichem Abstand zwischen ihnen stattgefunden.

»Aber du hättest gern noch eine andere Perspektive?«, fragte Angelika.

Valeria nickte dankbar. Sie wollte so viel lernen wie möglich. Manuel hatte sich genauso wie Frederik und Richard als völlig untauglicher Probenpartner herausgestellt. Die Einzige, die sie aufmerksam ansah, wenn sie ihre Texte rezitierte, war ihre Chihuahua-Dame Molly. Auf Dauer war die aber auch keine Lösung, da sie keine Rückmeldung gab. Sie sprang beim Klang von Valerias Stimme ohnehin immer ganz aufgeregt von einer Zimmerecke in die andere.

»Ich weiß gar nicht, warum ich das nicht hinkriege, verliebt zu schauen. Ich kann mir vorstellen, wie sehr Julia ihren Romeo liebt, aber wenn ich dann Walter angeschaut habe …«

»Der ist auch ein paar Jahrzehnte zu alt für dich. Genau wie Gerhard. Trotz weißem Schal.«

Valeria lachte. »Danke. Du hast recht. Aber an Manuel denken hilft auch nicht viel.«

Angelika zog die Nase kraus. Dann lächelte sie und zwinkerte Valeria zu, die wirklich froh war, in der lustigen Angelika eine Freundin gefunden zu haben. Wie schön war es doch, mit ihr beim Frühstück zu sitzen, da konnte ihr keiner der üblichen Verehrer das Wasser reichen. Valeria sah sie über den Rand ihres Kaffeehäferls an und grinste.

»Die Manderln sind wohl einfach nicht das Richtige für dich«, sagte Angelika. »Aber wir schaffen es schon, deine Fantasie ein bisserl anzuregen.«

*

»Frau Bürgermeistern?« Franziska klopfte ganz leise an die Bürotür.

Beate hob misstrauisch den Kopf. Wenn ihre Assistentin sich so vorsichtig verhielt, konnte das nichts Gutes bedeuten. »Kevin Eisinger wartet mit dem Kulturausschuss der Stadt im Foyer«, sagte Franziska hastig. »Sie wollen eine Führung durch das Theater, um sich selbst von der Qualität zu überzeugen.«

»Um sich …« So eine Frechheit! »Von der Qualität können sie sich am 27. August überzeugen.«

»Sie bestehen darauf wegen der zusätzlichen Kosten. Wir haben das Budget leider etwas erweitern müssen. Unsere Laiendarsteller bekommen ja kein Geld, aber Gerhard füllt jetzt eine Doppelrolle aus, als Regisseur und Schauspieler, da erwartet er dementsprechend ein höheres Honorar und …«

»Schon gut, Franziska, Sie können ja nichts dafür.« Beate knöpfte sich ihren Blazer zu und rückte den Kragen zurecht. »Wir werden den Herren ihre Führung bieten. Kommen Sie!« Sie stand auf, schnappte sich ihre Aktentasche und rauschte mit Franziska im Schlepptau den Gang entlang zum Stiegenhaus.

»Um fünf soll eine Probe stattfinden«, informierte ihre Sekretärin sie nach einem kurzen Blick aufs Handy.

Jetzt war es Viertel nach vier. »Gut. Dann können sie gleich mit Gerhard sprechen. Der wird begeistert sein, dass seine künstlerischen Fähigkeiten infrage gestellt werden.«

Franziska legte dramatisch eine Hand an die Stirn und deklamierte: »Kein Geld für Kultur? Unser Land geht vor die Hunde!«

Im Foyer wartete Kevin in einem dunkelgrauen Anzug und Sportschuhen, hinter ihm standen drei weitere dunkelgraue Anzüge, allerdings waren deren Träger etwa 30 Jahre älter und alle hatten glänzend polierte Lederschuhe an.

»Meine Herren!« Beate streckte die Arme aus, Franziska nuschelte einen Gruß, und nach flüchtigem Händeschütteln machten sie sich allesamt zu Fuß auf den Weg zur Eisner-Scheune. Während die drei Herren vom Kulturausschuss die Nachhut bildeten, marschierte Kevin mit federndem Schritt vorneweg und gab unentwegt Anekdoten aus seiner Schulzeit zum Besten.

»Sie müssen entschuldigen, Frau Brandtner, aber das weckt so viele Erinnerungen an unsere Schultheatergruppe.« Er lächelte.

»Frau Bürgermeisterin«, korrigierte Franziska.

»Das kann sich schon bald ändern.« Er lächelte noch breiter.

»Dann erst recht«, gab Franziska zurück. »Kompetenz geht immer noch über jugendlichen Übermut.«

Beate entschied, vermittelnd einzugreifen. »Wenn Sie möchten, lässt sich sicher noch eine kleine Rolle für Sie finden. Laut unserem Regisseur herrscht chronischer Männermangel im Laientheater.« Sie drehte sich zu den drei Herren vom Kulturausschuss, die die Lippen aufeinanderpressten. »Wäre das nicht auch etwas für Sie?«

Der Kulturausschuss runzelte gleichzeitig die Stirn.

»Ein Freizeitpark würde denen sicher so richtig gut gefallen«, murmelte Franziska.

»Freizeitpark?« Kevin hatte feine Ohren. »Sind Ihnen diese verrückten Gerüchte auch schon zu Ohren gekommen?«

»Vor allem, dass es nichts werden wird, weil allein das Grundstück nicht zum Verkauf steht«, stichelte Franziska.

Glücklicherweise liefen sie inzwischen schon den Feldweg entlang, der zur Scheune führte. Nur mehr eine Minute Small Talk, sagte Beate sich und trat von dem grasüberwachsenen Feldweg auf den Boden vor die Scheune. Sie drehte sich zu ihren Begleitern um, die Grashalme aus den Hosenbeinen pickten.

»Auf Gerede geben wir nichts. Bei uns zählen nur Taten.« Beate lächelte lieblich, und bevor Kevin antworten konnte, öffnete sie mit Schwung die große Scheunentür. Nur um sie gleich darauf keuchend wieder zufallen zu lassen.

*

»Chef, Chef, ein Mord!«

Reichel hob seinen Kopf über die Gartenhecke, die immer noch viel zu kurz war. Er musste unbedingt mehr Dünger besorgen. Huber kam die Straße entlanggehetzt, noch im Laufen zerrte er seinen Notizblock aus der Hemdtasche und schrie Reichel zu: »Lendnitz braucht Sie!«

Der Chefinspektor a. D. rammte seine Spitzhacke in die Erde, stand auf und streifte sich die Arbeitshandschuhe ab. »Huber, das Thema hatten wir schon.«

»Nein, Chef, Sie verstehen nicht!« Aufgeregt hüpfte Huber auf der Straße vor der Gartenhacke auf und ab. »Ein Mord!«

»Ich verstehe sehr gut.« Reichel seufzte. »Ein Schauspieler ist tot, die Putzfrau im Koma, und Wilkinson möchte nicht, dass Sie ermitteln.«

»Eben nicht!« Huber blieb abrupt stehen und blickte seinen Chef mit leuchtenden Augen an. Die waren immer ein schlechtes Zeichen.

»Nicht?«, fragte Reichel vorsichtig.

»Der Regisseur hat heute Vormittag dran glauben müssen!« Hubers Begeisterung war echt, und zum ersten Mal bekam Reichel ein kleines bisschen Angst vor seinem Assistenten – ehemaligen Assistenten, Kruzitürken. Er hatte keinerlei Absichten, wieder einzusteigen. Gar einen Mord aufzuklären. Einen Dreifachmord auch noch. Nein. Er musste Unkraut stechen.

»Die Frau Bürgermeisterin hat mit dem Kulturausschuss die Proben besuchen wollen. Und da haben sie ihn da liegen sehen. Den Regisseur. In seinem Blut.« Die Dramatik des Theaters schien auf Huber abzufärben. »Es muss eine ziemliche Sauerei gewesen sein, der Kulturausschuss musste mit einem Schwächeanfall ins Krankenhaus gebracht werden, alle drei. Und Kevin Eisinger, Sie wissen schon, der …«

»Der Jungspund.«

»Genau. Der hat sich übergeben. Die Assistentin der Frau Bürgermeisterin hatte alle Hände voll zu tun und dummerweise einige Spuren gleich mit weggewischt.«

»Was sagt denn … Wilkinson?« Den ›Chefinspektor‹ brachte Reichel immer noch nicht über die Lippen.

»Das ist ja das Gute!« Huber strahlte über das ganze

Gesicht. »Der Regisseur hatte ein Messer im Rücken, und jetzt kann er die Tatsache, dass es sich um Mord handelt, nicht länger ignorieren!«

»Das heißt, er ermittelt jetzt?« Wieso war er von dieser Nachricht enttäuscht? Natürlich war er nicht enttäuscht. Er freute sich, dass Wilkinson sich eingeschaltet hatte, dass der Mord ohne ihn aufgeklärt werden würde, dass er weiterhin sein ... Unkraut ... jäten ... konnte ...

»Das heißt, er ... oh.« Hubers Grinsen fiel in sich zusammen. »Richtig. Er ermittelt jetzt. Mit mir. Also ich mit ihm. Ich bin Chef« – er schluckte – »...inspektor Wilkinsons Assistent.«

Im gleichen Augenblick klingelte sein Handy.

»Dann machen Sie sich mal an die Arbeit, Huber!«, sagte Reichel und sah auf die Spitzhacke und den Eimer mit Unkraut in seinem Beet. Während sein Assistent – ehemaliger! – davonschlurfte, zog er sich seufzend seine Arbeitshandschuhe wieder an.

*

»Ab morgen kannst du wieder Fußball spielen«, sagte Valeria und stellte die kleine Gipssäge ab, mit der sie gerade den Verband ihres etwa 15-jährigen Patienten gelöst hatte.

Der Junge bewegte vorsichtig seinen Fuß hin und her. Es schien alles in Ordnung zu sein, denn er grinste sie an und hüpfte von der Liege.

»Alles Gute. Und ich will dich nicht so schnell wiedersehen!«, rief sie ihm hinterher. Dann drehte sie sich zum Medikamentenschränkchen, um ein bisschen Ordnung zu schaffen. Doch bevor sie den nächsten Patienten hereinbitten konnte, legten sich zwei Hände von hinten über ihre Augen.

»Rate!«

Das war eindeutig eine künstlich verstellte Stimme. Valeria seufzte. Sie hatte keine Ahnung, wer da die Dreistigkeit besaß, sie bei der Arbeit zu stören. Aber da diese Situation mit wechselnden Männern in schöner Regelmäßigkeit wiederkehrte, hatte sie die passende Antwort parat.

»Na, das kannst doch nur du sein! Mein Lieblingsverehrer!« Sie fasste nach den Händen und drehte sich um. Manuel. »Na, so eine Überraschung.« Sie vergaß zu lächeln.

Das störte Manuel nicht, der ihr ein Bussi auf die Wange drückte. »Meine Schöne«, sagte er. Dann trat er einen Schritt zurück. »Wo warst du denn gestern? Ich wollte dich unbedingt sehen.«

»Ich war aus.« Valeria kontrollierte die Mullverbände, dann schloss sie die Schublade. »Aber jetzt muss ich wieder arbeiten. Wenn die Oberschwester mich erwischt, wie ich …«

Manuel umfasste ihre Taille. »Ja, ich weiß, aber ich musste dich seeeehen«, nörgelte er.

Stirnrunzelnd wand Valeria sich aus seinem Griff. Was war denn mit dem los?

»Wir hatten drei Dates. Wir sind nicht verheiratet.« Als seine Augen bei dem letzten Wort aufleuchteten, fügte sie schnell hinzu: »Wir sind noch nicht einmal zusammen. Was heißt ›noch‹? Wir sind nicht zusammen!«

»Aber du magst mich.« Er grinste selbstbewusst. »Du hast mir eine SMS geschrieben. *Mein Prinz, wie geht es euch seit so viel Tagen?*«

Oh Gott, das hatte er auch noch auswendig gelernt. Sie durfte nicht mehr mit ihm ausgehen. Das musste unbedingt ein Ende haben. Ein Date mit Fritz, Robert oder Andreas musste her. Manuel bildete sich eindeutig zu viel ein.

»Genau, und inzwischen mag ich dich nicht mehr. *Schwachheit, dein Nam' ist Weib!* Also Schluss jetzt. Ich rufe den nächsten Patienten herein.« Sie wollte zur Tür, aber Manuel hielt sie fest.

»Du hast mir noch nicht gesagt, wo du warst.«

»Weil es dich nichts angeht.«

»Ich will es aber wissen!« Er verstellte ihr den Weg.

Valeria schürzte die Lippen und verschränkte die Arme vor der Brust. »Ich war mit einer Freundin im Kino.«

Manuel ließ sie los. »Du hast Freundinnen?«

»Eine. Sie heißt Angelika.« Das Lächeln, das sich auf ihre Lippen stahl, konnte Valeria nicht unterdrücken. Sie hatte schon lange keine Freundin mehr gehabt, das letzte Mal in der Pubertät, um genau zu sein. Seitdem hatten die Burschen sie so sehr in Beschlag genommen, dass keine Zeit mehr geblieben war. Ganz davon abgesehen, dass viele der Maderln wie Anna jetzt im Theater nicht mit ihr hatten sprechen wollen.

»Ach, red nicht. Das war doch ein Kerl.« Manuel reckte sein Kinn vor. »Dieser Walter vielleicht, ha? Oder wie heißt der noch gleich, der Regisseur? Der Wiener Schnösel! Gerald oder Gerhard oder …«

»Gerhard ist tot.«

»Zu recht!«, rief Manuel, dann hielt er inne. »Es tut mir leid. Das habe ich nicht so gemeint. Er ist tot? Echt?«

»*Er ist lange tot und hin, tot und hin, Fräulein. Ihm zu Häupten ein Rasen grün, ihm zu Fuß ein Stein.*« Sie seufzte. Shakespeare traf es immer so wunderbar, das Leid, den Tod, die Liebe …Was jetzt mit dem Stück passieren würde, wusste der Himmel.

»Oh, Valeria, du leidest! Lass mich dich trösten!«

Sie schüttelte Manuels fürsorglichen Arm ab und sah ihn irritiert an. »Du, ich muss jetzt wirklich weitertun, die Oberschwester …«

»… hat schon ein Auge auf dich, Valeria.« Ihre Chefin stand in der Tür. Die Hände in die beachtlichen Hüften gestemmt, funkelten ihre dunklen Augen unter dem kurz geschnittenen rötlichen Haar wütend. Obwohl sie ein ganzes Stück kleiner war als Valeria, war sie um mindestens das Dreifache imposanter. »Abmarsch mit dir in Behandlungsraum drei, da wartet eine Verätzung. Und was dich angeht«, sie sah Manuel scharf an, »schleich dich. Ohne eine Verletzung will ich dich nicht mehr in der Ambulanz sehen.«

Er blickte ihr aufmüpfig in die Augen.

»Wennst magst, richte ich das allerdings ein«, sagte sie und hob drohend die Hand.

Unsicher huschte Manuels Blick zu Valeria, die nur mit den Schultern zuckte. Ihr war es gleich.

Einen Augenblick schien er zu zögern, da fügte die Oberschwester hinzu: »Glaub mir, ich sorg dafür, dass du in meine Obhut gelangst, nicht in Valerias.«

»Schon gut, schon gut.« Er hob die Hände und verließ das Zimmer.

Die Chefin schüttelte missbilligend den Kopf. »Du könntest deine Männerbesuche zumindest auf der Arbeit reduzieren.«

»Tut mir leid.« Valeria seufzte. Es war doch nicht ihre Schuld, dass andauernd Männer sie ›überraschen‹ wollten, ihr Geigen- oder Akkordeonspieler in die Ambulanz schickten. Einmal hatte ein Clown für sie jongliert. Sie hatte keinen dieser Kerle je ermutigt. Wenn die keine Ruhe gaben und sie unbedingt auf ein Glaserl Wein oder nach Klagenfurt ins Theater einladen wollten, na, beim fünften Versuch sagte sie auch nicht mehr Nein. Irgendetwas musste man ja unternehmen und wenn das Stadttheater Shakespeare im Programm hatte …

»Valeria, ich könnte dich bei einem Bruch in der Fünf brauchen.« Der Chefarzt steckte seinen Kopf zur Tür herein.

»Valeria kümmert sich um eine Verätzung in der Drei. Ich komme gleich zu Ihnen«, entgegnete die Oberschwester.

Valeria konnte sehen, wie der Chefarzt protestieren wollte. Doch beim scharfen Blick der Oberschwester nickte er nur schnell. »Dann hol ich dich zum Mittagessen in der Kantine ab«, sagte er zu Valeria, was von einem weiteren Kopfschütteln der Oberschwester begleitet wurde.

»Diandle, schlag dir mal die Männer aus dem Kopf und konzentrier dich auf deine Arbeit«, sagte sie, nachdem der Chefarzt verschwunden war.

Was konnte sie denn dafür? »Wird nicht wieder vorkommen.« Valeria zog ihren weißen Kittel zurecht und machte sich auf den Weg zur Verätzung in Behandlungsraum drei.

»Schöne Frau! Na, bei deinem Anblick geht es mir doch gleich besser!« Der Kellner aus dem Lärchenstüberl hatte sie auch schon mehrmals vergebens angebraten. Valeria seufzte und schloss die Tür.

*

Daheim wurde Beate von einem ungewohnten Bild überrascht: Der Tisch in der Küche war gedeckt und Peter stand kochend am Herd.

»Was ist denn in dich gefahren?«, rutschte es ihr heraus, bevor sie sich die Hand vor den Mund schlug. Bloß nicht demotivieren! Sie würde sich freuen, öfter das Abendessen gekocht zu bekommen. Sie lächelte anerkennend, setzte sich, stellte fest, dass Gabeln, Servietten und Gläser fehlten, und stand wieder auf. Man konnte nicht alles haben.

Derweil servierte Peter die Kartoffeln und ein gut durchgebratenes Steak. Schade. Aber Steak war Steak. Beate setzte sich wieder, schenkte Wein ein und fragte: »Also, was ist der Anlass?«

»Gerhard hat es erwischt.« Im Gegensatz zu ihr schien Peter durchaus zufrieden mit den neuesten Entwicklungen im Lendnitzer Bauerntheater.

»Und wir feiern ein Totenmahl?«

»Wir feiern … wir feiern …« Er runzelte die Stirn. »Wir feiern natürlich nicht. Das ist ein Todesfall. Ein tragischer. Aber leiden konnte ich diesen affektierten Schnösel von Anfang an nicht!«

Da musste Beate zustimmen. Aufgrund der eher festen Steakkonsistenz konnte sie als Antwort jedoch nur nicken.

»Ich wette, jetzt, wo dieser unfähige Dodel nicht mehr im Weg steht, wird meine Karriere steil bergauf gehen.«

Beate kaute und kaute – kaute noch etwas länger – und schluckte schließlich. »Deine Karriere? Als Koch?«

»Schauspieler!« Peter strahlte. »Obwohl ich sicher auch die Regie übernehmen könnte. Delegieren liegt mir.«

Das konnte sie bestätigen. Im Haushalt beschränkte sich Peters Engagement ebenfalls darauf, Beate darauf aufmerksam zu machen, dass der Müll heruntergebracht oder das

Bad geputzt werden müsse. Schuld daran waren sicher die letzten adeligen Gene, die er noch in sich trug. Ein Hoch auf Katarina Wischniewski, dachte Beate und machte sich eine mentale Notiz, ihr morgen Blumen ins Krankenhaus schicken zu lassen. Hoffentlich wachte die arme Frau bald aus dem Koma auf.

»Die Lendnitzer Bauernburschen werden weiterleben«, fuhr er fort, »und zwar besser als je zuvor. Du wirst schon sehen.« Er grinste verschmitzt.

»Damit hilfst du mir wirklich sehr, Schatz. Dieser Kevin Eisinger macht mich echt fertig! Dem ist jeder Grund recht, mich in den Schmutz zu ziehen. Der wird auch Gerhard Seilers Tod eiskalt ausnutzen.«

»Und ich erst!«

Beate stockte.

»Also, ich werde dir helfen, Spatzi«, korrigierte Peter sich, »eh klar. Ich spiele ja nur deinetwegen mit, deshalb engagier ich mich so sehr. Um dein Prestige zu erhöhen. Die Ehefrau eines begnadeten Schauspielers. Wenn das nichts ist!«

Wenn das nichts war. Beate schluckte das nächste Stück Fleisch hinunter und spülte mit einem großzügigen Schluck Wein nach.

Da gehen, wo Räuber streifen, Schlangen lauern

[4. Aufzug, 1. Szene]

»Chef! Chef!«

Einen Augenblick überlegte Reichel, sich in der Gartenhecke zu verstecken. Aber Huber würde ihn finden, da war er sich sicher. Wenn es darum ging, ihm Arbeit zu verschaffen, hatte sein Assistent – sein ehemaliger Assistent! – eine unglaubliche Spürnase.

»Wilkinson will heute Nachmittag eine Zeugenbefragung durchführen!«

»Das freut mich.« Reichel legte seine Spitzhacke zur Seite. Langsam konnte er sich überlegen, wie er die geplanten Rosen anordnen wollte.

»Wirklich?« Huber strahlte über das ganze Gesicht. »Dann hole ich Sie um 15 Uhr ab!«

Eine Reihe weißer Rosen, dann ein Bogen mit roten und vielleicht zwischendrin ein paar … »Was?«

»Na, zur Zeugenbefragung im Theater! Chef, Sie müssen Wilkinson unter die Arme greifen!«

»Da kriegen mich keine zehn Pferde hin.« Die erste Befragung, die er durchgeführt hatte, war schon des Guten zu viel gewesen. Diese Schauspielerbande war fast so schlimm wie die furchtbare, furchtbare deutsche Familie Hinrichsen. Die waren kurz vor seiner Pensionierung Opfer einer Mordserie geworden, und er hatte jetzt noch Albträume.

»Aber wir sind aufgeschmissen ohne Sie!«

»Sie haben einen waschechten Ch… Insp… Na Sie wissen schon, wen ich meine, an Ihrer Seite!«

»Ich würde mich mit dem Chefinspektor a. D. Reichel an meiner Seite noch wesentlich wohler fühlen.«

»Wilkinson kann sicher niemanden gebrauchen, der ihm bei der Arbeit über die Schulter schaut.«

»Notwendig wäre es aber.« Jetzt machte Huber wieder diese Dackelaugen. »Chef, wir brauchen Ihren analytischen Verstand.«

»Nein!« Augenblicklich verfiel Reichel in einen Kommandoton.

Huber ließ die Schultern hängen.

Reichel kniff die Lippen zusammen. »Ich habe Prinzipien. Und die lauten: Als Pensionist mische ich mich nicht in laufende Ermittlungen ein.« Auch als aktiver Chefinspektor hatte er es möglichst vermieden, sich in Fälle einzuschalten. Das machte seine Prinzipien nur umso unverrückbarer. Für Reichel hatten nun seine Rosen oberste Priorität.

»Aber …«

»Nichts aber, Huber, ich muss mich um meinen Vorgarten kümmern.«

»Das verstehe ich ja, wirklich. Es sieht auch schon viel …«, er sah über die Hecke zu den auf- und umgewühlten Beeten, die nur mehr aus Haufen von Erde, wild wucherndem Unkraut und dem ein oder anderen trockenen Sträuchlein bestanden, »viel … viel … vielversprechender aus. Ja, das sieht es.« Er nickte nachdrücklich.

»Dort kommen Rosen hin.« Reichel deutete nach rechts. Huber schien etwas zu schmollen, und Reichel seufzte. Er stützte sich auf seine Harke. »Was denken Sie denn, Huber? Über den Fall?«

»Ich denke …« Der junge Mann sog seine Unterlippe zwischen die Zähne, dann fing er bedächtig an zu erzählen. »Ich frage mich: Cui bono? Das habe ich von Ihnen, Chef.« Er strahlte. »Ich frage mich also: Wem nützt der Mord? Wer könnte Interesse daran haben, den Regisseur, zugereist aus Wien übrigens, unserer Theatergruppe zu beseitigen?«

»So weit, so gut.«

»Und da fällt mir gleich eines ein: Warum hat die Frau Bürgermeisterin die Sache untersuchen wollen? Sie hat eine Vermutung. Sie fürchtet sich vor etwas.«

Diesmal nickte Reichel, und Huber fuhr fort: »Wahlkampf steht an. Unsere Frau Bürgermeisterin wird herausgefordert von diesem Jungspund Kevin Eisinger. Aber sie ist einfach zu beliebt. Sie hat die Polizei aufgestockt, sorgt für die Sicherheit in Lendnitz – das verbreitet dieser Schmiedemeier in einer Tour – und dann macht sie Lendnitz mit den Bauernburschen auch noch zu einem kulturellen Zentrum der Region.«

»Kevin Eisinger hat keine Chance«, stimmte Reichel zu.

»Er will mit einem Freizeitpark nachziehen.«

»Was für eine Schnapsidee!« Reichel schnaubte.

»Das sagt die Bürgermeisterin auch. Außerdem steht das Grundstück nicht zum Verkauf. Der Freizeitpark wird also ins Wasser fallen und mit ihm Kevin Eisingers Kandidatur. Wenn nicht … ja, wenn nicht das Vorzeigeprojekt der Frau Bürgermeisterin scheitert …« Huber brach ab und sah Reichel an.

Der ehemalige Chefinspektor blickte seinen Assiste … seinen ehemaligen Assistenten an. Hubers Theorie könnte zutreffen, er schien bei ihm viel gelernt zu haben. »Es geht immer ums Geld. Macht, und damit verbunden: Geld.«

»Macht, Geld und Liebe.« Huber legte einen Finger ans Kinn. »Da fällt mir ein: Was ist mit Eifersucht?«

»Ebenfalls ein starkes Motiv«, stimmte Reichel zu. »Wie viele Schauspielerinnen waren das noch mal? Vier, fünf?«

»Fünf. Regina Ochsenhuber hat allerdings eine Doppelrolle. Dreifachrolle.« Huber hielt schon wieder sein Notizbuch in der Hand. »Plus die Regieassistentin, insgesamt also sechs am Theater beteiligte Frauen.«

»Das sind möglicherweise fünf zu viel für einen Regisseur.«

»Sie meinen, er hatte mit all seinen Schauspielerinnen ein Verhältnis und eine ist ihm auf die Schliche gekommen?«

»Möglicherweise nicht mit allen«, relativierte Reichel. »Die Kleinschmidt ist vielleicht etwas zu alt.«

»Das muss nichts heißen.« Huber wurde defensiv und Reichel wechselte lieber das Thema. Von Hubers Liebesleben wollte er so wenig wie möglich wissen.

»Wir sollten die Frauen näher unter die Lupe nehmen, das ist ein erster Schritt. Trotzdem dürfen wir das politische Motiv nicht ganz aus den Augen lassen. Dieser Eisinger war mir immer schon suspekt.«

»Wir, Chef?« Hubers Augen leuchteten.

»Sie natürlich. Sie und … Wilkinson.« Reichel schnappte sich seine Harke und begann, das Beet umzuwühlen. »Ich denke bei der Gartenarbeit nur laut nach.«

*

Angelika winkte sie alle auf die Bühne, bis sie in einem Halbkreis um sie herumstanden. »Ihr wisst sicher schon alle, was passiert ist.«

Valeria nickte, Marisella seufzte und Anna schluchzte, während sie sich ein weißes Spitzentaschentuch vor die Augen hielt.

Walter steckte die Hände unter die Hosenträger seiner Ledernen, die er heute trug. »Sieht so aus, als wäre ich wieder der Romeo.«

Angelika nickte geistesabwesend, während Peter das Kinn nach vorn schob. »Das steht noch gar nicht fest. Du könntest auch weiter der Mercutio bleiben und …«

»Wir sollten das Stück absagen!«, heulte Anna auf. »Was hat es ohne Gerhard noch für einen Sinn?«

»Absagen?« Valeria wurde blass.

»Das kommt nicht infrage!«, brauste Marisella auf.

»Es liegt ein Fluch auf unserer Aufführung.« Anna tupfte sich die Tränen ab.

»Du bist doch nicht mehr ganz dicht«, schnaubte Walter.

»Wir treten auf, koste es uns, was es wolle«, mischte sich Peter ein, die Arme vor der Brust verschränkt, den Kopf erhoben.

»Natürlich machen wir weiter.« Valeria fuhr sich durch die Haare. Das Stück war ihre Chance, sollte ihr Talent beweisen, und jetzt waren sie schon so weit, hatten so oft geprobt, das durfte nicht umsonst gewesen sein!

Angelika nickte. »Wir müssen nur besprechen, wer nun unseren Romeo, wer den Mercutio …« Weiter kam sie nicht.

Anna warf das Schultertuch, das sie in ihrem Kostüm als Amme trug, dramatisch zu Boden. »Dann könnt ihr das ohne mich tun, ihr herzlosen Bestien!«, rief sie und stürmte zu den Stiegen, die hinauf zum Umkleideraum führten.

»Jetzt fehlt uns neben dem Mercutio auch noch die Amme«, bemerkte Peter.

Angelika vergrub ihr Gesicht in den Händen.

»Du spinnst doch!«, brauste Valeria auf und raste Anna hinterher. »Mein Auftritt! Mein ganzes Leben will ich auf der Bühne stehen, das lass ich mir von dir nicht kaputt machen!«

»Gerhard ist tot«, schrie Anna, blickte sich zu Valeria um und stolperte, ihr langes Dirndl mit den Händen gerafft, weiter die Stufen hinauf.

Valeria, deren kurzes Dirndl beim Laufen nicht im Weg war, hatte sie fast eingeholt, als Anna oben auf dem letzten Treppenabsatz der Länge nach hinfiel.

»Autsch«, schrie Anna, und Valeria konnte gerade rechtzeitig abbremsen und sich am Treppenlauf festhalten.

»Au«, stöhnte eine männliche Stimme auf.

»Ja, was ist das jetzt?«, fragte Walter, der ihnen in gemächlicherem Abstand gefolgt war.

Offenbar hatte sich jemand am obersten Stiegenabsatz flach auf den Boden gelegt und durch den Handlauf die Geschehnisse auf der Bühne beobachtet. In der Dunkelheit, die durch die zugezogenen Vorhänge und Türen herrschte, hatte Anna ihn übersehen.

Zuerst setzte sich Anna auf, dann auch der Bursche, über den sie gestolpert war.

»Manuel?« Valeria glaubte ihren Augen nicht zu trauen.

»Du hast ja keine Zeit mehr für mich«, rechtfertigte er sich. »Aus dem Spital hast du mich auch geworfen! Wie soll ich dich sonst mal sehen? So führt man doch keine Beziehung.«

»Wir führen keine Beziehung!«

»*Mein Prinz, wie geht es euch seit so viel Tagen?*«, zitierte Manuel.

»Das ist Ophelia«, mischte Angelika sich ein, die unten an der Treppe stand und zu ihnen hinaufblickte. »Sie bringt sich um und Hamlet stirbt ebenfalls. Eine Liebesgeschichte gibt es nicht.«

»Wir hatten aber ein Kinodate«, sagte Manuel. »Und einmal habe ich dich beinahe geküsst.«

Daran konnte Valeria sich noch erinnern. Sie zog die Nase kraus und schüttelte sich. Dann packte sie ihn entschlossen am Kragen. »Wenn du ohnehin hier herumlungerst, kannst du dich auch nützlich machen. Wir brauchen einen Mercutio.«

»Aber …«, protestierte er.

Mit der anderen Hand griff Valeria nach Anna. »Nun kommt schon, proben ist jetzt wichtiger denn je.«

»Aber Gerhard …«, fing Anna wieder an.

»Du hast so hart gearbeitet, glaubst du wirklich, Gerhard würde es wollen, dass du seinetwegen alles hinwirfst?«, rief nun Angelika vom unteren Stiegenabsatz. »Was glaubst du, wie stolz er auf uns, auf *dich* wäre?«

Anna wirkte unschlüssig.

Valeria zerrte sie neben Manuel die Stufen hinunter. »Für Gerhard legen wir später eine Schweigeminute ein. Jetzt musst du unserem neuen Mercutio unter die Arme greifen.«

»Wieso soll ich der Mercutio sein? Walter ist doch der Mercutio. Euch fehlt ein Ro…« Weiter kam Manuel nicht, da baute sich Walter breitbeinig mit herausgestrecktem Bauch vor ihm auf.

»Das könnt dir so passen, ja? Bürscherl, da musst du früher aufstehen. Der Romeo bin ich!« Er schupfte den Jüngeren mit seinem Bauch an.

»Darüber könnten wir durchaus auch eine Abstimmung …« Peter wurde von Manuel unterbrochen. »Valeria!« Bittend sah er sie an.

»Du hast uns ausspioniert, da wirst du sicher nicht mit der Hauptrolle belohnt.« Sie wandte sich ab und hob stattdessen Annas Tuch auf, das sie ihr um die Schultern legte. »So. Können wir dann jetzt endlich anfangen?«

*

Es war reine Langeweile, die Reichel zur Eisner-Scheune trieb. Er hatte kein Interesse an dem Fall und war erst recht nicht neugierig auf Wilkinsons Ermittlungsarbeit. Aber sein Garten musste nach der ganzen Arbeit der letzten Wochen … ruhen. Die Erde musste wieder zu Atem kommen und sich erholen, bevor Reichel an das Pflanzen der Rosen gehen konnte. Genau. Da war sein Garten wie er selbst. Innehalten und Pausen waren wichtig. Stand in jedem Gartenbuch. Und wenn nicht, dann gehörte es jedenfalls hinein. Außerdem war ihm die Limonade ausgegangen. Und der Gin.

Also hatte er sich entschlossen, statt im Liegestuhl zu liegen, bei den Lendnitzer Bauernburschen eine Theateraufführung zu genießen. Oder was auch immer das war, das sein Nachfolger dort veranstaltete.

»Meine Damen und Herren!« Wie ein Zirkusdompteur stieß Wilkinson – den Chefinspektor sparte Reichel sich – die Tür zur Scheune auf und marschierte mit ausgebreiteten Armen auf die versammelte Schauspieltruppe zu, deren Mitglieder teils auf der Bühne, teils in der ersten Reihe des Zuschauerraumes saßen. Die beiden Streifenpolizisten Hannes und Stadler, die Kappen in den Händen, dackelten hinter ihm her.

Reichel sicherte sich einen Sessel am Bühnenrand, während er die Darbietung Wilkinsons beobachtete. Der stellte sich breitbeinig vor die Bühne, schlug mit beiden Armen die Seiten seines Mantels zurück und stemmte die Hände in die Hüften, sodass rechts seine Dienstpistole sichtbar wurde. Was für eine Wild-West-Cowboy-Manier. Missbilligend verzog Reichel den Mund.

»Ich bitte Sie, Ruhe zu bewahren«, rief Wilkinson. »Dies ist eine reine Routinebefragung. Huber!«

Sein Assistent wich nur widerwillig von Reichels Seite und stellte sich neben seinen neuen Chef. »Möchten Sie die Zeugen vielleicht jeweils einzeln oben im Umkleide…« Weiter kam Huber nicht, die dröhnende Stimme Wilkinsons unterbrach ihn: »Es geht um Mord!« Er hob eine Hand und tigerte vor der ersten Reihe auf und ab. »Und Mord wird in unserem schönen Städtchen nicht geduldet. Wer ist der Mörder, frage ich Sie? Wer hat unseren allseits geliebten Regisseur Gerhard … na wie hieß er noch gleich, Huber?« Wilkinson blickte sich um, doch so eilfertig wie Huber früher seine Informationen bereitgehalten hatte, war er heute nicht. Er blätterte eher gelangweilt in seinem Notizbuch.

»Gerhard Seiler«, ertönte schließlich die melodische Stimme der schönen Valeria.

Ein Ruck ging durch Wilkinsons Cowboyhaltung. Reichel schnaubte schadenfroh. Offensichtlich hatte er, der recht neu in Lendnitz war, noch nicht ihre Bekanntschaft gemacht. Er wandte seinen Kopf zur Sprecherin, stolperte, konnte sich an der ersten Sesselreihe festhalten und blieb schwankend stehen. »Sie, also, Sie, wer …«, verhaspelte er sich und nickte schließlich Huber zu. »Notieren!«, sagte er mit fester Stimme und kam sich ganz offensichtlich sehr selbstbewusst vor.

Die schöne Valeria würdigte jedoch weder ihn noch Hannes und Stadler eines Blickes, die sie von dem Moment an, als sie den Saal betreten hatten, anschmachteten. Auch Wilkinson wandte sich immer wieder ihrem liebreizenden Anblick zu, während Reichel ein hämisches Grinsen nicht unterdrücken konnte. Die schöne Valeria hatte schon ganz andere Männer als diesen Möchtegern-Sheriff aus dem Konzept gebracht.

»Ihre Zeugenaussagen, bitte.« Wilkinson wedelte mit der linken Hand, während er die Rechte in Denkerpose unters Kinn legte. Der Mann war wohl nicht nur John-Wayne-, sondern auch Columbo-Fan. Nicht zum ersten Mal ging Reichel das Wort ›Großstadtgendarm‹ durch den Kopf. Wer auch immer Wilkinson Polizeiarbeit beigebracht hatte, war einVolltrottel gewesen.

Er selbst war natürlich ein Sonderfall, zwei Serienmörder innerhalb seiner Karriere. Welcher andere Polizist konnte das schon von sich behaupten? Aber auch deutlich schlechtere Polizisten als er mussten wissen, dass man Zeugen unbedingt allein befragte. Wenn er es recht bedachte, wusste das wohl jeder Tatort-Zuschauer nach der ersten Folge.

»Herr Chef…« Reichel hustete. »Herr Chefins…«, er hustete noch einmal, »pektor Wilkinson. Wenn ich mich ganz kurz …«

Wilkinson drehte sich um und runzelte die Stirn. Offenbar bemerkte er Reichel erst jetzt. »Was machen Sie denn hier?«

»Ich habe ihn gebeten …«, begann Huber, wurde jedoch sofort von Wilkinson unterbrochen. »Keine Zivilpersonen in meinen Ermittlungen.«

Die schöne Valeria räusperte sich.

»Keine überflüssigen Zivilpersonen, Kruzitürken.«

»Wenn ich also einen kleinen Tipp geben dürfte. So von Chefinspektor zu …« Reichel stand auf.

»Lieber ehemaliger Reichel.« Jovial breitete Wilkinson die Hände aus und lächelte ihn an. »Ich weiß, was Sie sagen wollen, aber vertrauen Sie mir. Ich habe einen Plan.« Er zwinkerte Reichel zu, schlug Huber auf die Schulter und klemmte beide Daumen unter das Revers seines Mantels. Von den Zehenspitzen auf die Fußballen wippend, verkündete er: »Wie Sie wissen, bin ich der Chef der Polizeidirektion Lendnitz, und wie Sie vermutlich auch wissen, habe ich nicht nur diesen Fall zu klären. Aber klären werde ich ihn, das verspreche ich! Bis dahin bitte ich um Ihre Unterstützung und die Personalien, die Sie nun meinem Assistenten diktieren werden.«

Als ob Huber die nicht schon längst hatte! Reichels Erfahrung nach enthielt Hubers Notizbuch umfassende Informationen über sämtliche Lendnitzer Bürger, deren Vorlieben und Gewohnheiten.

»Und jetzt bitte hopphopp, ich werde in einer halben Stunde auf der Wache erwartet!«

»Die Zeugenbefragung war doch ein Witz!«, grummelte Huber, nachdem Wilkinson alle entlassen hatte und mit Hannes und Stadler zum Polizeikommando gefahren war. Wie Huber heimkam, schien ihn nicht zu interessieren, und so stapfte er nun mit Reichel zu Fuß durchs Gras nach Lendnitz.

»Eine Unverschämtheit«, brummelte Reichel. ›Ehemaliger Reichel‹! Aber keine Ahnung von der Polizeiarbeit, da war ja jeder Grünschnabel besser als dieser … dieser … Möchtegern-Chefinspektor. »Er hat einen *Plan*«, ätzte Reichel.

»›Name? Adresse? Haben Sie Gerhard Seiler ermordet?‹ Ich habe zwei Seiten Notizen mit Personalien, die uns schon längst vorliegen, und 13 Mal: *Nein*«, schnaubte Huber.

Das waren tatsächlich äußerst gewöhnungsbedürftige Ermittlungsmethoden. Sogar Reichels in jahrzehntelanger Erfahrung entwickelte ›Kurzbefragung von Zeugen und Verdächtigen‹ bestand aus etwa doppelt so vielen Fragen. Und dann diese herablassende Behandlung, als Reichel ihm einen Tipp geben wollte. Dabei konnte er wahrlich jede Hilfe gebrauchen. Musste er sich das eigentlich gefallen lassen? Er war pensioniert, verdammt noch mal, er hatte seinen Dienst getan, seine Zeit abgesessen, er hatte sich ausreichend bewiesen.

»Immerhin kümmert er sich jetzt.« Reichel zog grimmig die Augenbrauen zusammen. Nein, er hatte es nicht nötig, sich einzumischen, er arbeitete sowieso viel lieber in seinem Garten. Sollte dieser unfähige Fetzenschädel doch zusehen, wie er fertig wurde! Zeugenbefragungen als Massenveranstaltung! Ha! Der würde noch sehen, was er davon hatte.

»Es wäre mir lieber, er würde sich weiter um die Baumaßnahmen kümmern und den Fall uns überlassen.« Huber sah ihn unglücklich an.

»Huber, es gibt kein *uns*. Es gibt Sie, den Assistenten von Wilkinson, und es gibt mich, einen pensionierten Polizisten.«

»Das beste Ermittlerteam aller Zeiten.«

»Nun werden Sie nicht albern.«

»Wir haben zwei Serienmörder gefasst.«

»Ich war nur aus Langeweile hier. Meine Erde muss ruhen.«

Huber sah ihn an.

»Eine besonders wichtige Phase bei der Gartenarbeit.«

»Sie machen das großartig, Chef.«

»Ich mag meine Gartenarbeit. Mein Garten ist mein Ein und Alles. Ich bin glücklich mit meinem Garten!« Hinter seinen Schläfen begann es zu pochen. »Ich vermisse das Polizistendasein kein bisschen«, fuhr er fort. Er gestikulierte sogar ein wenig dabei, so sehr hing ihm seine Gartenarbeit am Herzen. »Um die Polizeiarbeit können Sie sich kümmern. Sie und Wilkinson. Ich habe meinen Garten. Ich vermisse nichts, gar nichts!«

»Aber der Fall …«

»Und schon gar nicht vermisse ich Sie und Ihren Enthusiasmus und diesen verdammten unermüdlichen Arbeitseifer!«

»Ich …«

»Streichen Sie mich aus Ihrem Fall, Huber. Streichen Sie mich aus Ihren Ermittlungen, für immer, und streichen Sie mich aus Ihrem Gedächtnis. Lassen Sie mich und meinen Garten in Ruhe! Das ist mein letztes Wort!« Ohne seinen ehemaligen Assistenten eines weiteren Blickes zu würdigen, stapfte Reichel davon.

Romeo und Julia

im Jauntal

Ein Kärntner Trauerspiel von Gerhard Seiler

Mitwirkende:

Der bekannte Wiener Regisseur

Gerhard Seiler als Romeo

Valeria Hausbichler als Julia

In weiteren Rollen:

Walter Kirschner, Marisella Kleinschmidt

Anna Deixler, Daniela Berger

Regina Ochsenhuber, Peter Brandtner

Regie:

Gerhard Seiler

Assistenz:

Angelika Fellner

Premiere: Donnerstag, 27. August 2015

20 Uhr

Alte Scheune Eisner

Feldweg 3

Abendkasse: 7,00 Euro

»Frau Bürgermeisterin, die neuen Plakate sind da …« Mit unglücklichem Gesicht präsentierte Franziska Beate das Ergebnis ihres letzten Auftrags.

Beate seufzte. »Wie sieht denn unser Budget aus?«

»Reicht Ihnen *heillos überzogen* oder brauchen Sie konkrete Zahlen?«

»Mist.« Dieses Theaterprojekt war wirklich widerspenstig. Noch ein Punkt mehr, weshalb sie unbedingt weiterhin Bürgermeisterin bleiben musste: Kevin Eisinger durfte das Haushaltsbuch für die Lendnitzer Bauernburschen nie in die Finger kriegen.

»Wir könnten es Anna Deixler gleichtun und einfach mit einem Edding drüberkritzeln, das geht ganz gut. Nicht, dass ich etwa Erfahrungen im Plakate-Übermalen hätte.« Franziska grinste breit.

»Na, wir wollen doch niemanden unfair verleumden. Auch Anna Deixler nicht«, sagte Beate.

Franziska hob die Augenbrauen.

»Setzen Sie mal die Praktikanten dran.«

»Der Bersch trägt jetzt Briefe aus und sortiert das Ablagesystem.«

»Ah, drum!« Beate war schon aufgefallen, dass sie neuerdings jeden Morgen Briefe auf dem Schreibtisch vorfand. »Aber es gibt doch noch eine Praktikantin, oder? Und können wir in diesem Notstand nicht vielleicht einen oder zwei der Schauspieler mobilisieren?«

»Ich werde an ihr Mitgefühl appellieren. Sollen sie die Plakate auch gleich aufhängen oder wollen wir auf weitere … Zwischenfälle warten?«

»Um Himmels willen, Franziska, malen Sie nicht den Teufel an die Wand. Gleich aufhängen.«

»Wenn wir es damit nicht provozieren«, murmelte Franziska, machte sich aber eine Notiz in ihr Handy.

»Frau Brandtner, ich muss dringend mit Ihnen sprechen«, polterte jemand auf dem Flur.

Die Stimme klang jung und dynamisch.

»Ich bin nicht da!« Wenn man vom Teufel sprach … Sie würde ab jetzt den Namen Kevin Eisinger nicht einmal mehr denken. Chefinspektor Wilkinson am besten ebenfalls nicht.

»Es geht um die Neustrukturierung der Polizei«, mischte sich eine weitere Stimme ein.

Und da war er auch schon …

»Die beiden im Team?« Franziska bekreuzigte sich.

»Zwei Mordfälle hintereinander, Frau Bürgermeisterin, das geht so nicht.« Kevin Eisinger rauschte gemeinsam mit Chefinspektor Wilkinson ins Zimmer.

»Jetzt ist sie also doch Frau Bürgermeisterin?«, bemerkte Franziska spitz.

»Nun ja, wollen wir mal nicht übertreiben. Ein Mord und zwei Unfälle. Wäre der Todesfall Martin Riedl ein Mord gewesen, hätte ich es gemerkt«, sagte Wilkinson.

»Ein Unfall und ein Mord hintereinander, Frau Bürgermeisterin, das geht so nicht!«, rief Kevin Eisinger.

»Schmiedemeier ist schon dran. Mit Warnweste und Sicherheitshelm«, murmelte Beate, dann atmete sie tief durch und stand auf. Es half ja nichts. »Meine Herren, was kann ich für Sie tun?«

»Die Polizeipräsenz in Lendnitz aufstocken«, sagte Kevin Eisinger.

»Nach der letzten Mordserie auf dem Landgut Hinrichsen haben wir gemeinsam mit dem Polizeipräsidenten beschlossen …«

»Das scheint ja nicht von großer Wirkung gewesen zu sein, wenn wir schon wieder einen Mordfall haben.« Der Jungspund fuchtelte mit beiden Händen in der Luft herum. »Chefinspektor Wilkinson ist heillos überfordert mit …«

»Ich habe alles im Griff!«, tönte der Angesprochene. Wie üblich stand er breitbeinig mit hinter dem Rücken verschränkten Armen im Zimmer und wippte auf den Fußballen auf und ab. »Nur meine Leute machen Probleme.«

Der alte Reichel hatte nie Probleme mit seinen Leuten gehabt, dachte Beate kurz.

»Natürlich Ihre Leute. Natürlich nicht Sie persönlich.« Kevin Eisinger lachte. »Wenn jemand überfordert ist, dann möglicherweise die Frau Bürgermeisterin. Aber nicht unser Chefinspektor.«

Wilkinson nickte zufrieden und Franziska zog eine Grimasse.

»Was genau schlagen Sie denn vor?« Beate versuchte so liebenswürdig zu lächeln, wie es nur ging. Am liebsten hätte sie die beiden Streithammel Schmiedemeier auf den Hals gehetzt, aber das war ihrem Wahlkampfberater gegenüber auch unfair. Er bemühte sich immerhin. Seine kläglichen Versuche konnte sie damit nicht auch noch zunichtemachen.

»Eine Neustrukturierung der Lendnitzer Polizei mit einer Aufstockung des Streifendienstes um 20 Prozent.« Kevin Eisinger schlug seine Hände mit einem lauten Klatschen zusammen. »Na, da ist Ihre Budgetplanung fürs Theater jetzt hin, was?« Er lachte hämisch. Oh, der junge Hüpfer hatte ja keine Ahnung … »Aber für die Sicherheit der Lendnitzer Bürger, Frau Brandtner, da muss man die persönliche Karriere auch mal opfern«, fuhr er fort.

»Einen Polizeiball.« Chefinspektor Wilkinson hörte mit dem Wippen auf.

»Bitte was?«

»Wir verlangen, dass …«, begann Kevin Eisinger, aber Wilkinson, der den Jungpolitiker um etwa zwei Köpfe überragte, brachte ihn mit einer Handbewegung zum Schweigen.

»Ich dachte an eine Belohnung für die gute Arbeit der Lendnitzer Polizei. An eine Prestigeveranstaltung, die die Moral meiner Leute hebt.« Er legte den Kopf schräg. »Mehr Leute schaden freilich auch nicht, wenn Sie also Geld für zwei, drei neue Stellen lockermachen könnten, würde ich das begrüßen. Aber Prio Nummer eins ist jetzt: der Polizeiball.«

Beate schloss die Augen. Der Chefinspektor wollte einen Ball. Eh klar. Vielleicht sollte sie ihm zu einer Urkunde noch eine Medaille verleihen und ihn ganz, ganz weit wegloben.

»Ich dachte an eine festliche Veranstaltung. Am besten noch vor Weihnachten. Damit wir der Klagenfurter Redoute nicht in die Quere kommen.«

»Der Redoute.« Österreichs zweitgrößter Ball, der mit bis zu 8.000 Gästen das Highlight der Kärntner Ballsaison darstellte. Beate verzog den Mund.

»Genau. Denn in etwa diese Größe sollte unser Polizeiball doch haben.«

»Es sind nicht einmal 20 Polizeibeamte in Lendnitz stationiert.« Franziska hielt einen Zettel hoch.

»Umso wichtiger die Gäste.«

»Und Sie natürlich, Chefinspektor.« Lächelnd reichte Beate ihm die Hand und führte ihn hinaus. »So ein Ball eignet sich doch sicher hervorragend für Preisverleihungen, nicht wahr?«

Eilt euch, macht fort! sonst wird es gar zu spät.

[3. Aufzug, 4. Szene]

Reichel streckte sich und lugte über die Gartenhecke. Nur für den Fall, dass Huber vorbeikommen wollte, und natürlich nur, um ihn dann abzuwimmeln.

Er hatte kein schlechtes Gewissen. Er hatte auch keine Sekunde mehr darüber nachgedacht, wie Huber zusammengesunken vor ihm gestanden war. Reichel war froh, dass er diesen lästigen Assistenten jetzt vom Hals hatte, *froh* war er, verdammt noch eins. Und deshalb schaute er auch jetzt nicht zum dritten Mal innerhalb von zehn Minuten über die Gartenhecke und hoffte auch nicht, dass Huber vielleicht doch …

Aber nein, kein junger enthusiastischer Polizist mit hüpfendem Schritt. Stattdessen stakste ein langer dünner Kerl die Straße entlang, der trotz der Hitze einen Trenchcoat trug. Wilkinson. Vor Reichels Gartenhecke blieb er stehen.

»Chefinspektor Reichel. Lieber *ehemaliger* Chefinspektor Reichel.« Besondere Betonung hatte er dem Wort ›ehemaliger‹ gegeben.

Reichel sah seinen Kontrahenten an. Da er mit Größe nicht punkten konnte, straffte er die Schultern. »Chefinspektor Wilkinson«, erwiderte er den Gruß. »Wie ich sehe, fleißig bei der Verbrecherjagd.«

»Ich wollte mit Ihnen reden.« Wilkinson überging Reichels Stichelei und ließ sich sogar zu einem Lächeln herab.

»Bitte.« Reichel machte eine einladende Handbewegung.

»Es geht um meinen Assistenten.«

Reichel verspürte einen kleinen Stich in der Brust. Nicht, dass er wieder Sodbrennen bekam. »Ein aufgewecktes Kerlchen, nicht wahr?«

»Ich möchte Sie bitten, es zu unterlassen, ihm Flausen in den Kopf zu setzen.«

»Flausen?« Reichel konnte sich an keine Flausen erinnern. Nur an einen Streit. Er schluckte.

»Flausen über die Polizeiarbeit! Huber ist *mein* Assistent, die Theatertruppe ist *mein* Fall und *Ihre* Einmischung kann niemand gebrauchen. Ihre Zeit ist vorbei.« Wilkinson hob die rechte Hand.

Reichel sah seinen Kontrahenten an und reckte das Kinn, das leider nur bis an Wilkinsons Brust reichte. Hier brauchte es Fakten, um Oberwasser zu gewinnen. »Ich dachte, Sie wären mit dem Umbau des Polizeikommandos beschäftigt?«

»Sowie mit der Organisation eines Polizeiballs. Im Gegensatz zu anderen Leuten kann ich mich um mehrere Dinge gleichzeitig kümmern.«

»Nur Ihren Assistenten haben Sie nicht im Griff.« Reichel grinste schadenfroh.

»Natürlich habe ich ihn im Griff«, schnaubte Wilkinson. »Er schaut auf zu mir.«

Reichel nickte. »Sie sind auch etwa zehn Zentimeter größer.«

In Wilkinsons Wange zuckte ein Muskel. »Reichel. Ich nenne Sie nicht Chefinspektor, weil Sie keiner mehr sind.«

»A. D. Der Titel selbst bleibt. Ist auf Lebenszeit«, informierte Reichel ihn.

»Ehemalig, das ist hier aber das Stichwort«, rief Wilkinson ungehalten aus. »Reden wir mal Klartext: *Sie* haben auf dem Polizeikommando nichts mehr zu suchen. *Sie* sind pensioniert, ausrangiert, kein Polizist mehr, Ende Gelände, aus die Maus. *Sie*«, er pikste Reichel mit dem Zeigefinger vor die Stirn, »halten sich ab jetzt aus meinen Ermittlungen raus. Ich muss mich um einen Polizeiball kümmern, der Fall ist abgeschlossen!«

Er drehte sich um und marschierte in schnellen Schritten die Straße hinunter. Reichel seinerseits stapfte ins Haus ohne die Gartenpatschen auszuziehen, hinterließ eine Dreckspur bis ins Wohnzimmer und griff zum Telefonhörer. »Huber?«, bellte er, nachdem sein – ja, *sein* – Assistent sich am anderen Ende der Leitung gemeldet hatte. »Kommen Sie sofort her. Wir haben einen Mord aufzuklären.«

Romeo und Julia im Jauntal

Ein Kärntner Trauerspiel von Gerhard Seiler

Mitwirkende:

~~Der bekannte Wiener Regisseur~~

Walter Kirschner ~~Gerhard Seiler~~ als Romeo

Valeria Hausbichler als Julia

Manuel Niemitsch **In weiteren Rollen:**

~~Walter Kirschner~~, Marisella Kleinschmidt

Die Amme!!!! Anna Deixler, Daniela Berger

Regina Ochsenhuber, Peter Brandtner

Regie:

~~Gerhard Seiler~~

Assistenz:

Angelika Fellner

Premiere: Donnerstag, 27. August 2015

20 Uhr

Alte Scheune Eisner

Feldweg 3

Abendkasse: 7,00 Euro

»Wie kommt denn die Amme dahin?«, fragte Beate.

»Die Praktikantin schwört, sie hat das Zimmer nur für zwei Minuten verlassen, um sich einen Kaffee zu holen.«

Das konnte hinkommen, Anna Deixler war klein und wendig. Beate seufzte und zuckte mit den Schultern. »Lassen wir es so.« Sie hatte keinerlei Absicht, das Haushaltsbuch fürs Theater mit den vielen roten Zahlen wieder hervorzuholen. Also rollte sie das Plakat zusammen und übergab es ihrer Assistentin.

»Ich habe noch zwei Nachrichten für Sie«, sagte diese, »eine gute und eine schlechte.«

»Die … gute zuerst?« Eine gute Nachricht konnte sie langsam wirklich gebrauchen.

»Kevin Eisingers Wahlplakate sind vollständig mit Zahnlücken versehen und beschnurrbartet. Die verantwortliche Täterin wurde nicht gefasst. Der Täter. Wie auch immer. Man weiß ja nicht, wer es war. Nur, dass die Täterin extrem geschickt war im Spurenverwischen.« Franziska lächelte stolz.

Wenn sie gewannen, würde sie eine Gehaltserhöhung bekommen. Wilkinson rausschmeißen und Franziska befördern, das waren Nummer eins und zwei ihrer To-Do-Liste.

»Und die schlechte?«

»In zehn Minuten werden wir einem Kevin Eisinger ohne Zahnlücke und Schnurrbart gegenüberstehen. Der Zusatztermin für den Kulturausschuss.«

»Das hat mir gerade noch gefehlt«, stöhnte Beate.

»Immerhin konnte ich das Warnwesten-Fotoshooting auf nächste Woche verlegen. Und die Visagistin von ihrem Plan abbringen, den Lidschatten in passendem Orange zu gestalten.«

»Darf ich ohne Lidschatten gehen?«

»Es wird ein Kontrast werden. Grün.«

»Möglicherweise, wenn ich meine Augen ganz weit öffne …«

»Sehr guter Plan, Frau Bürgermeisterin. Zur Not besitze ich noch Photoshop.«

Auf dem Flur waren Schritte zu hören – alte, gesetzte und junge, dynamische. Der Kulturausschuss. Während Franziska die Tür öffnete und die Herren hereinbat, stand Beate auf. Sie versuchte sich an einem Lächeln und schüttelte faltige Hände. Kevin Eisinger bekam ein Nicken, mehr hatte der nicht verdient.

»Leider ist ein Besuch des Theaters derzeit nicht möglich. Der Todesfall, Sie wissen ja«, erklärte sie schulterzuckend. »Kann ich Ihnen denn vielleicht hier ein paar Fragen beantworten?«

»Oh, da sind wir alle gespannt.« Kevin Eisinger grinste hämisch.

Beate musste sich zusammenreißen, um bei ihrer Antwort freundlich zu bleiben. »Was möchten Sie denn wissen?«

»Die Aufführung«, Kevin Eisinger deutete auf die zusammengerollten Plakate in Franziskas Händen, »findet die wie geplant statt?«

»Freilich.«

»Am 27. August?«

Beate nickte.

»Und da wird es keine weiteren Schwierigkeiten geben?«

»Was wollen Sie damit sagen?«, warf Franziska ein. »Gibt es etwas, was Sie wissen? Was Sie möglicherweise *organisiert* haben?«

Entrüstet stemmte Kevin Eisinger die Hände in die Hüften. »Also das ist nun eine Unterstellung, die ich mir nicht gefallen lassen muss!«

»Wir alle wissen doch, worum es Ihnen geht, Herr Eisinger«, sagte Beate. Langsam reichte es ihr. »Ihr Projekt ist ins Wasser gefallen, und wenn meines auch scheitert, stehen Sie besser da. Deshalb freuen Sie sich über jeden Unfall, jeden Unglücksfall, jeden heruntergefallenen Bühnenscheinwerfer.«

»Mein Projekt?«

»Natürlich wollen Sie die Wahl gewinnen«, fuhr Beate fort, »und das ist auch legitim, das will ich doch auch!«

»Der Unterschied ist nur, dass Sie sie auch gewinnen werden«, murmelte Franziska hinter ihr.

»Aber nun lassen wir doch endlich diese Albernheiten mit dem gegenseitigen Übertrumpfen der Lendnitzer Kultureinrichtungen. Die Infos sind raus, wir wissen alle Bescheid, und jeder kann Ihnen sagen, dass ein Freizeitpark in Lendnitz …«

»Im Lendnitzer Umland!«

»Eine komplette Schnapsidee ist!« Unwillkürlich war Beate nicht nur lauter geworden, sondern auch zwei Schritte nach vorn getreten, sodass sie nun fast Nasenspitze an Nasenspitze mit Kevin Eisinger stand.

Alle Spannung wich aus seinem Körper, als er mit einem breiten Lächeln einen Schritt zurücktrat. »Ist es nicht schön, wenn zwei Konkurrenten einer Meinung sind?«, fragte er.

Beate blinzelte verwirrt. »Sie … Sie geben zu, dass ein Freizeitpark Schwachsinn wäre?«

»Völliger Schwachsinn.« Er nickte.

»Sie wollen damit gar keinen Wahlkampf machen?«

»Absolut nicht.« Er trat einen weiteren Schritt zurück.

»Können Sie ja auch nicht, das Grundstück steht nicht zum Verkauf«, ließ sich Franziska deutlich vernehmen.

Kevin Eisinger warf ihr einen wütenden Blick zu, dann wandte er sich wieder an Beate. »Mein Team hat die beste Wahlkampfidee aller Zeiten entwickelt. Ein bescheuerter Freizeitpark ist sicher kein Teil davon.«

»Oh.« Beate fuhr sich durchs Haar. Das brachte sie aus dem Konzept. »Was *ist* dann Ihr Wahlprogramm?«

Kevin verlagerte sein Gewicht aufs rechte Bein, verschränkte die Arme vor der Brust und lächelte selbstverliebt. »Heizpilze an Bushaltestellen.«

*

»Hatten Sie viel mit Martin Riedl zu tun?« Reichel saß in der Küche der Eisner-Scheune, neben ihm Huber mit Notizblock und Stift, gegenüber die schöne Valeria im Dirndl-Kostüm und mit geflochtenen Zöpfen.

»Mercutio? Nein. Nur über Juliens Amme korrespondierten wir.« Verträumt legte Valeria eine Hand auf die Brust und deklamierte: »*Der Geist Mercutios schwebt nah noch über unsern Häuptern hin.*« Dann fügte sie hinzu: »Romeo.«

Reichel sah seinen Assistenten an.

»Romeo und Julia im Jauntal«, flüsterte er. »Das Stück, Sie wissen schon. Martin Riedl hat den Mercutio gespielt.«

»Ich verstehe.« Reichel nickte, verstand aber gar nichts. »Wir meinten außerhalb des Stücks«, präzisierte er an die schöne Valeria gewandt.

»Ich denke, er hat mir meine Post gebracht. Er war

doch Briefträger, ja? Ich glaube, ich habe ihn einmal vor Molly gerettet.«

Hubers Augenbrauen hoben sich und er zückte einen Stift. »Wer ist Molly?«

»Meine Chihuahua-Dame.«

Er ließ den Stift wieder sinken. »Hatten Sie privaten Kontakt? Haben Sie ihn vielleicht mal auf einen Kaffee getroffen, sind mit ihm ins Kino gegangen?«

»Martin?« Valeria zog die Nase kraus, was, wie Reichel zugeben musste, entzückend aussah. Aber er war weit über 60, davon ließ er sich nicht einlullen. So ein junges Ding musste schon früher aufstehen, um einen Fritz Reichel, Chefinspektor a. D., um den Finger zu wickeln.

»Er war in Sie verliebt, wussten Sie das?«

»Das kommt vor.« Sie lächelte, was wirklich lieb aussah.

»Eben.« Huber beugte sich vor. »Mord aus Eifersucht, können Sie sich das vorstellen?«

»Aber ich mochte Martin doch noch nicht einmal. Wer sollte da eifersüchtig gewesen sein?«

»Eifersucht ist nicht immer rational«, erklärte Huber, ein wissendes Lächeln auf seinen Lippen.

Reichel musste wohl übernehmen. »Gerhard, Ihr Regisseur. Er spielte den Romeo?«

»Zuerst nicht. Dann ja. Jetzt ist er tot.«

Reichel blickte sie vielsagend an. »Und der hat viel Kontakt mit Julia.«

»Viel zu viel.« Sie schauderte. »*O willkommner Dolch! Dies werde deine Scheide!*« Mit einer Handbewegung deutete sie an, sich zu erstechen.

Reichel räusperte sich. »Können Sie sich jemanden vorstellen, der aus unerwiderter Liebe zu Ihnen zunächst Martin Riedl und dann Gerhard Seiler umbringt?«

»Sie meinen, jemand hätte meinetwegen gemordet? Oh, wie schrecklich!« Valeria hielt sich die Hand vor den Mund. Dann schüttelte sie heftig den Kopf. »Niemand. Nein, da fällt mir niemand ein. Wie könnte denn auch … Nein. Niemals.« Sie schluckte. *»Der deinen wackren Freund Mercutio erschlagen, liegt hier tot: entleibt von Romeo«*, zitierte sie schließlich mit einem Tränenschleier in den Augen.

Nach einem Augenblick der Stille räusperte Reichel sich. »Danke für die Einblicke in Ihre Kunst.« Er streckte die Hand aus. Es hatte offensichtlich keinen Zweck, den Star der Lendnitzer Bauernburschen weiter zu befragen.

»Das wäre dann alles«, sagte Huber und stand ebenfalls auf. »Danke für Ihre Kooperation.« Er sah ihr noch einen Moment nach. »Das war ja nicht sehr ergebnisreich.« Hoffentlich war die nächste Zeugin brauchbarer.

*

»Heizpilze an Bushaltestellen?« Beate warf die Hände in die Luft. Nach Kevin Eisingers triumphierendem Abgang hatte sie ihm nur wortlos hinterherstarren können.

»Heizpilze. An Bushaltestellen«, bestätigte Franziska.

»Wie viele Bushaltestellen haben wir in Lendnitz? Fünf?«

»Sieben.«

»Sollen die Heizpilze eine Zeitschaltung haben? Oder den ganzen Tag heizen? Was ist sonntags, wenn der Bus nur einmal in der Stunde fährt? Und was im Sommer? Werden die dann durch klimatisierte Bushäuserl ausgetauscht?«

»Ich glaube, Sie machen sich zu viele Gedanken, Frau Bürgermeisterin. Heizpilze. An Bushaltestellen! Mehr muss man dazu doch gar nicht sagen.« Franziska schnaubte.

»Sie haben recht.« Beate nickte resolut. »Meine Konkurrenz ist jung, dynamisch und unglaublich deppert.«

»Eines verspreche ich Ihnen: Sollte der die Wahl gewinnen, bekommt der nur Salz in seinen Kaffee und die Leberkassemmeln kann er sich selbst vom Fleischer holen. Der wird kein leichtes Leben haben als Bürgermeister, Frau Bürgermeisterin.« Ihre Sekretärin grinste und schlug vor: »Für die Heizpilze könnte ich Ihnen den Stromverbrauch ausrechnen und in den Haushalt fürs nächste Jahr einkalkulieren, dann können Sie Kevin Eisinger eine Kosten-Nutzen-Analyse vorlegen.«

»Sehr gut. Machen Sie eine Excel-Tabelle.«

»Ich hatte eher an ein Post-it gedacht. Mit: ›Völlig unrentabel, Sie Vollidiot.‹«

»Wir könnten eine Gegenkampagne starten.« Beate dachte schon weiter. »Glückspilze statt Heizpilze. Wie finden Sie das?«

»Ich finde sogar Knollenblätterpilze besser als Heizpilze. Aber vielleicht fällt uns da tatsächlich was ein, was wir mit unseren heimischen Schwammerln machen können. Die Saison hat ohnehin schon angefangen.«

»Kevin Eisinger, der Pilzkopf. Wir könnten lustige Frisuren auf seine Wahlplakate malen.« Beate merkte, dass sie albern wurde, aber es lag ein langer Tag hinter ihr. Franziska speicherte sich trotzdem eine Notiz in ihr Smartphone.

*

»Anna Deixler«, flüsterte Huber, als die nächste Darstellerin im Dirndl, dieses allerdings weit züchtiger als das von Valeria, den Raum betrat.

»Ich spiele die Amme.« Die kleine Blondine reckte sich in die Höhe.

»Das wissen wir«, sagte Reichel. Konnten sie vielleicht endlich dieses blöde Theater Theater sein lassen?

»Die Amme ist kein bisschen unwichtiger als die Julia.«

»Aber heißt das Stück nicht ›Romeo und Julia‹?«, fragte Huber. »Das lässt doch darauf schließen …«

»Sie haben wohl noch nie Theater gespielt?« Anna Deixler strich sich eine blonde Strähne aus der Stirn.

»In der Schule …«, begann Huber.

Reichel hielt weder etwas von Schauspielern noch von diesem Shakespeare. Die Diskussion musste im Keim erstickt werden. »Es geht um einen Mord.«

Beide, Huber und die Blondine, wurden still. Bei Huber wirkte ›Mord‹ immer wie ein Zauberwort und seine Sinne waren wieder geschärft. Bei unbedarften Bürgern wirkte das Wort meist ebenfalls beeindruckend.

»Sie waren verliebt in Gerhard Seiler.« Reichel mochte es, mit der Tür ins Haus zu fallen. Das gab Verdächtigen keine Gelegenheit, sich Antworten zurechtzulegen. Er fühlte sich wie früher, hatte nichts von seinem Biss verloren. Reichel war zurück. Wilkinson, was für ein Stümper.

»Ich … Sie … was ….«, stotterte Anna Deixler dann auch. Schließlich setzte sie sich noch gerader hin als ohnehin schon und sagte mit hochroten Wangen: »Ich habe das Talent unseres Regisseurs sehr zu schätzen gewusst.«

»Das werte ich als Ja«, sagte Reichel und bedeutete Huber, die Antwort zu notieren.

Die Deixler schnappte nach Luft. Dann verschränkte sie die Arme vor der Brust. »Ich sage gar nichts mehr.«

»Sie waren verliebt in Gerhard Seiler, und er hat Sie nicht einmal beachtet.«

»Kein Wort hören Sie mehr von mir, kein einziges!«

»Sie sind Zeugin in einem Mordfall.«

Sie presste die Lippen aufeinander.

Reichel seufzte und lehnte sich zurück. »Graffiti, Frau Deixler. Das ist Sachbeschädigung«, wechselte er wie beiläufig das Thema.

Wieder begann sie zu stottern. »Ich ... wie ... was meinen Sie denn damit?«

Er zuckte mit den Schultern.

»Hat Sie die Assistentin der Bürgermeisterin darauf gebracht?«, fragte sie mit zusammengekniffenen Augen. »Diese Franziska? Die hat mir neulich schon unterstellt, auf den Plakaten herumgeschmiert zu haben. Als ob ich das nötig hätte! Ich habe Fans.«

»Das sagten Sie bereits.«

»Wir könnten eine Handschriftenprobe machen«, schlug Huber vor.

Anna Deixler wurde knallrot. »Das ist eine Unterstellung. Diese Franziska ist ein hundsgemeines Weibsbild, die sollte für den Geheimdienst arbeiten!«

»Schon gut«, beruhigte Reichel die junge Frau, »für Graffitis ist die Schutzpolizei zuständig.«

»Die müssen wir auch nicht informieren. Vor allem nicht, wenn Sie kooperationsbereit sind«, fügte Huber hinzu.

»Sicherlich!« Sie rutschte in ihrem Stuhl nach vorn. »Es stimmt, ich hatte mich vielleicht ein klitzekleines bisserl verliebt in Gerhard. Eine kleine Schwärmerei. Nicht der Rede wert. Schon drüber weg.«

Ohne ihr von diesem Geständnis eine Pause zu gönnen, stellte Reichel die nächste offensive Frage: »Wie stehen Sie zu Valeria Hausbichler?«

Nun schien die Deixler sich gefasst zu haben, sie überlegte sich ihre Antwort gut. »Valeria ist eine hervorragende Julia«, sagte sie langsam. »Aber wie ich schon sagte, die Amme ist nicht weniger wichtig. Es gibt keinen Grund für ungesunden Konkurrenzkampf zwischen uns.« Sie rückte ihre Dirndl-Bluse zurecht.

»Das bezweifeln wir nicht. Abgesehen von Ihren internen Streitigkeiten darüber, wer die bessere Schauspielerin ist: Waren Sie eifersüchtig, als Gerhard Seiler Valeria die Aufmerksamkeit schenkte, die eigentlich Ihnen hätte zustehen müssen?«

»Was wollen Sie damit sagen?« Die kleine Blondine war auf Zack, das musste Reichel ihr lassen.

»Gar nichts will der Chefinspektor damit sagen«, bemerkte Huber, während er weiter in sein Notizbuch kritzelte. »Wir würden nur gern wissen, ob Sie sich deshalb zurückgesetzt fühlten? Wütend waren? Auf Valeria, auf Seiler selbst? Wir werden dazu freilich auch Ihre Kollegen befragen.« Der junge Mann lächelte freundlich.

Anna Deixler zögerte. »Nun ja …« Sie knetete die Hände in ihrem Schoß. »Sie kennen Valeria ja.«

Reichel nickte, und sie seufzte. »Es ist nicht einfach, neben so einer schönen Frau zu bestehen. Man wird nicht wirklich wahrgenommen.«

Reichel nickte wieder.

»Ich gebe ja zu, vielleicht war ich das ein oder andere Mal eifersüchtig«, fuhr sie fort. »Aber ich schwöre Ihnen, ich habe ihn nicht umgebracht.« Sie sah Reichel mit großen

Augen an. »Ich hätte alles dafür gegeben, wenn er mich so angeschaut hätte wie sie ... Aber ein Mord, nein. Dazu bin ich gar nicht fähig.«

Das würde sich herausstellen.

»Gab es Streitigkeiten unter den Darstellern? Irgendjemanden, der Probleme mit Martin Riedl oder Gerhard Seiler hatte?«

Die junge Schauspielerin zuckte mit den Schultern. Die nächsten Worte fielen ihr schwer. »Manchmal haben sich die Männer gestritten. Wegen Valeria.«

Reichel warf Huber einen bedeutungsvollen Blick zu, den der junge Mann erwiderte.

Anna Deixler überlegte. »Wollen Sie wissen, wem ich einen Mord zutrauen würd?« Sie beugte sich vor und fügte, ohne eine Antwort abzuwarten, leiser hinzu: »Kennen Sie Marisella Kleinschmidt?« Sie lehnte sich wieder zurück und nickte langsam, wobei sie die Augenbrauen bedeutungsvoll hob.

Marisella Kleinschmidt, die Fleischergattin, war Reichel ein Begriff. Groß, kräftig und temperamentvoll mit Zugang zu einer großen Auswahl an Messern. Ein blutiger Mord wäre ihr durchaus zuzutrauen. Er schürzte die Lippen. »Hätte sie denn ein Motiv?«

»Ha!« Anna schnaubte. »Die hasst doch alle und jeden! Einen besonderen Pick hat sie zwar auf den Walter, aber die anderen kann sie auch nicht leiden.« Wieder beugte Anna sich vor und flüsterte: »Ich fürchte, mich hat sie auch im Visier.«

»Weshalb?«

Anna setzte einen leidenden Gesichtsausdruck auf und zuckte mit den Schultern. »Ich bin jünger. Schöner. Dünner.« Sie schüttelte traurig den Kopf. »Also, wenn ich Sie wäre, ich würde auf jeden Fall mal in die Richtung ermitteln.«

»Das werden wir«, versprach er und verabschiedete Anna Deixler, während sich Huber eine Notiz machte.

»Marisella Kleinschmidt?«, fragte er, nachdem die Darstellerin den Raum verlassen hatte und die Stiegen hinunter zur Probe gegangen war.

Huber zuckte mit den Schultern. »Alles ist möglich.«

Da war was dran. Zudem standen sie noch ganz am Anfang ihrer Ermittlungen. Reichel rieb sich das Kinn. »Aber interessant ist es schon, dass sie absichtlich versucht hat, den Verdacht auf jemand anderen zu lenken.«

*

»Kevin Eisinger will Heizpilze an Bushaltestellen aufstellen«, rief Schmiedemeier völlig außer Atem.

Beate, die gerade mit Franziska die zuletzt eingereichten Rechnungen der Lendnitzer Bauernburschen durchging, sah von ihren Unterlagen auf. »Damit die Stromkosten der Gemeinde ins Unermessliche steigen.«

»Nein, damit wir es im Winter beim Warten kuschelig warm haben.« Er warf seinen Aktenkoffer auf ihren Schreibtisch und wühlte schon wieder in Broschürenstapeln herum.

»Kassiert Kevin Eisinger vielleicht Schmiergeld von irgendwelchen russischen Gasfirmen? Hat das schon mal jemand kontrolliert?«, fragte Beate.

»So eine Unterstellung ist selbst für einen Konkurrenten …«

»Das war ein Witz, Schmiedemeier, ein Witz.« Sie rieb sich die Stirn. Immerhin musste sie für Schmiedemeier nichts zahlen, er war Wahlkampfberater ehrenhalber. Das musste sie sich vor Augen halten. Wer billig kauft, muss eben ohne Humor leben.

»Ich klemm mich trotzdem dahinter«, murmelte Franziska, während sie eilig etwas auf einen Notizblock kritzelte.

»Vier Federboas?« Jetzt erst fiel Beate der Inhalt der Rechnung auf, die sie gerade in der Hand hielt.

»›Die Bäuerin Capulet‹, ich zitiere hier Marisella Kleinschmidt, ›ist das Sinnbild der Eleganz‹«, sagte Franziska.

»Sie sollte besser Sicherheitskleidung tragen statt Federboas.« Schmiedemeier zog die Augenbrauen zusammen. »Bei der Unfallrate im Theater.«

Das Thema hatte sie mit Schmiedemeier vermeiden wollen. »Nun ja. Der letzte Todesfall …«

»Ich habe es gehört!« Schmiedemeier wurde plötzlich blass um die Nase und ließ sich auf den Sessel vor Beates Schreibtisch sinken. »Kann man da wirklich gar nichts machen? Unfälle passieren ja doch auch manchmal auf recht ungewöhnliche Weise.«

»Gerhard Seiler hatte ein Messer im Rücken.«

»Möglicherweise ist er ausgerutscht und das Messer ist unglücklich gefallen und …« Wie ein Häuferl Elend saß er da und fuchtelte hilflos mit den Händen, bevor er sie vor dem Gesicht zusammenschlug. Nicht einmal ihr PR-Berater schien diesen Mord abwenden zu können, so sehr er es sich wohl auch wünschte.

Beate seufzte und blickte zu Franziska, die mit den Schultern zuckte.

»Nein, Schmiedemeier, ein Unfall ist leider ausgeschlossen. Die einzige Frage, die sich noch stellt, ist, ob es Mord oder Totschlag war«, sagte Beate.

Bei den beiden Wörtern zuckte er sichtlich zusammen. Schließlich blickte er auf. »Wir brauchen einen Skandal.«

Beate hob zweifelnd die Augenbrauen. »Den haben wir mit dem Mord ja nun.«

Er schüttelte den Kopf und wiederholte. »Wir brauchen einen Skandal – *für Kevin Eisinger*.«

»Ooooooh.« Franziska zog sich den zweiten Sessel vor Beates Schreibtisch zurecht und setzte sich dicht neben Schmiedemeier. »Schießen Sie los!«

»Ich führe keinen schmutzigen Wahlkampf«, versuchte Beate das Gespräch zu beenden, bevor es überhaupt richtig begonnen hatte. Aber weder ihre Sekretärin noch ihr Wahlkampfberater schienen ihr zuzuhören.

»Eine Straftat wäre freilich am besten«, sagte Schmiedemeier, »aber ich fürchte, das werden wir nicht hinbekommen.«

Franziska tippte sich ans Kinn. »Möglicherweise, wenn ich …«

»Es darf keine noch so kleine Verbindung zur Frau Bürgermeisterin geben«, fiel Schmiedemeier ihr ins Wort. »Wir könnten etwas anderes finden, ihm durch einen moralischen Fehltritt das Genick brechen.«

Franziska merkte auf, und Beate warf schnell ein, um Schlimmeres zu verhindern: »Metaphorisch das Genick brechen. Nicht in Wirklichkeit, nehme ich an.« Sie wollte Franziska nicht auf dumme Gedanken bringen. Eine Schmutzkampagne würde es zudem ebenfalls nicht geben.

»Frauengeschichten sind immer gut«, erklärte Schmiedemeier.

»Aber der Jungspund ist nicht verheiratet.« Franziska

zog die Nase kraus. »Da würden ihm alle nur auf die Schulter klopfen.«

»Mit einer verheirateten Frau?«, überlegte Schmiedemeier weiter.

»Mit einem verheirateten Mann!«

Beate vergrub ihren Kopf in den Händen. Dann zählte sie bis zehn und stand auf. »Schluss jetzt mit der Diskussion. Es wird kein schmutziger Wahlkampf geführt. Vielen Dank, Schmiedemeier, aber wenn das heißt, dass ich die Wahl verlieren sollte, dann ist es eben so.«

»Frau Bürgermeisterin, das machen heutzutage alle so. Damit würden wir nur beweisen, dass wir auf der Höhe der Zeit sind.« Franziska versuchte es jetzt anders, Schmiedemeier nickte heftig dazu.

»Wenn alle von der Brücke springen …«, zitierte Beate den Lieblingsspruch aller Eltern, doch Schmiedemeier unterbrach sie: »… sollten wir sofort ein sicheres Geländer anbringen lassen.«

Franziska ergänzte: »Oder eine Rede halten. Zur Lage der Nation. Lendnitz. Was auch immer. Außerdem sollten wir Kevin Eisinger die Schuld in die Schuhe schieben.«

»Am besten, während wir ihn beim Sex mit einem verheirateten Mann filmen.« Schmiedemeier hob seinen rechten Zeigefinger in die Höhe.

Beate holte tief Luft und hielt ihm die Tür auf. »Möchten Sie sich als verheirateter Mann zur Verfügung stellen und Kevin Eisinger verführen? Na? Dachte ich mir.«

Zufrieden setzte sie sich wieder an ihren Schreibtisch. Dem Unsinn hatte sie ein Ende bereitet. Das Glitzern in Franziskas Augen bildete sie sich hoffentlich nur ein.

*

»Sie sind der Neue?« Reichel sah sich den Darsteller der Bauernburschen, der das letzte Mal noch nicht dabei gewesen war, genau an. Der Lakl war ein ganzes Stück größer als er, schlank mit blonden Haaren und trug ein Hemd zur Jeans.

»Ich bin Manuel Niemitsch.« Er setzte sich an den Küchentisch.

»Und der Neue?«

Manuel rutschte auf seinem Sessel in Position. »Seit Gerhards Tod unterstütze ich das Ensemble.«

»Das heißt, Sie kannten Martin Riedl überhaupt nicht?«

»Er war mein Briefträger.«

Richtig. Dadurch kannte ihn natürlich ganz Lendnitz. »Hegten Sie einen Groll gegen ihn?«

Manuel blinzelte. »Er hat mir meine Briefe immer pünktlich gebracht.«

Also nein. Reichel seufzte. Es hätte ihn auch gewundert. Niemand hasste den Briefträger, außer vielleicht Chihuahua-Dame Molly. Oder jemand, der nur Rechnungen bekam? »Was ist mit Gerhard Seiler?«, fragte Reichel weiter.

Der junge Mann schüttelte den Kopf. »Ich bin ja erst nach seinem Tod zu den Bauernburschen gekommen.«

»Ist Ihnen sonst etwas aufgefallen? Gab es vielleicht Streit unter den Akteuren?«

»Na ja …« Manuel überlegte. »Der Walter und die Marisella liegen sich ständig in den Haaren. Außerdem will der Walter immer die Valeria küssen, auch wenn's unangebracht ist.« Seine Augen verengten sich.

»Sie mögen Valeria?«, fragte Reichel.

Gespielt gleichgültig antwortete Manuel: »Ja sicher. Sonst wäre sie ja nicht meine Freundin.«

Reichel hob die Augenbrauen. Davon hatte er noch nichts gehört. Interessant.

»Das kann nicht sein«, flüsterte Huber, »das würde sich doch wie ein Lauffeuer durch Lendnitz verbreiten.«

Manuel presste die Lippen aufeinander. Dann sagte er: »Fragen Sie sie doch selbst.«

Das hatte Reichel nicht vor, ein dramatischer Auftritt pro Tag reichte. »Sind Sie eifersüchtig?«

»Na, auf wen denn? Den dicken Walter etwa?« Er lachte gekünstelt.

»Den Regisseur zum Beispiel«, schlug Reichel vor.

»Valeria hat mir eine SMS geschickt. *Mein Prinz, wie geht es euch seit so viel Tagen?*«

Reichel sah ihn an und runzelte die Stirn. Huber legte seinen Stift zur Seite. Manuel nickte noch einmal bekräftigend. Nachdem er auch weitere zehn Sekunden später keinerlei Anstalten machte, die SMS zu erklären, fragte Reichel: »Was soll das heißen?«

»Das ist Shakespeare.« Manuel sah unsicher vom einen zum anderen. »Das heißt, sie liebt mich.«

»Hm.« Reichel hob die Augenbrauen, und auch Huber schaute skeptisch drein.

»Ophelia liebt Hamlet. Ophelia sagt zu Hamlet: *Mein Prinz, wie geht es euch seit so viel Tagen?* So, wie Valeria es zu mir gesagt oder geschrieben hat. Valeria liebt mich, ist doch sonnenklar.«

»Sonnenklar.« Reichel seufzte und erhob sich aus seinem Sessel. »Danke für Ihre Kooperation. Falls Ihnen noch etwas einfallen sollte, melden Sie sich bei uns.«

Nachdem Manuel verschwunden war, wandte er sich an Huber: »Machen Sie mal ein Schaubild unserer Verdächtigen. Sie lieben diese Flip-Flop-Dinger doch so.«

»Flip-Charts.«

»Eben.«

*

Beate hatte gerade von ihrer fantastischen Sekretärin ein Häferl Milchkaffee hingestellt bekommen, da hörte sie Wilkinson im Flur ein fröhliches Lied pfeifen. Na, hoffentlich hatte der Ermittlungsergebnisse.

»Kevin Eisinger will Heizpilze an Bushaltestellen aufstellen«, sagte er statt einer Begrüßung.

Diesen Satz hatte sie doch schon einmal gehört ... Beate zwang sich zu einem Lächeln. »Das wird die Verbrechen in Lendnitz sicherlich in Schach halten.«

»Wenn wir dort Überwachungskameras installieren.« Wilkinson faltete seine Hände vor dem Bauch.

»Wir sind in Lendnitz und nicht in New York.« Hier geschehen Serienmorde, aber keine Handtaschendiebstähle, fügte Beate in Gedanken hinzu.

»Deshalb bin ich aber gar nicht hier, es geht um Wichtigeres.«

»Den Mord an Gerhard Seiler?«

Irritiert zog er die Augenbrauen zusammen und Beate seufzte. »Lassen Sie mich raten. Um den Umbau des Polizeikommandos. Nein, Moment, um den Ball natürlich!«

»Um Sitzheizungen für die Polizeiautos.«

Sie zählte in Gedanken bis zehn. »Warum sollten nur diejenigen es warm haben, die mit dem Bus fahren, nicht wahr?«, fragte sie. Dann lächelte sie Wilkinson an. »Es tut mir leid. Unser Budget gibt da kaum etwas her. Wenn Sie sich aber für Gerhard Seiler ...«

»Die Polizeiarbeit, Frau Bürgermeisterin«, unterbrach er sie, »ist nicht zu vergleichen mit dem Bürojob eines Verwaltungsangestellten. Die Polizeiarbeit, Frau Bürgermeisterin, findet draußen statt.« Er ballte die rechte Hand zur Faust. »Auf der Straße, im harten Kampf des Großstadt-«, er räusperte sich, »oder Kleinstadtdschungels. Für Polizisten gibt es kein bequemes Büro, wir sind immer im Einsatz, immer im Dienst, immer draußen.«

»Aber haben Sie nicht gerade eben noch einen Entspannungsraum …«

»Und deshalb brauchen wir Luxus im Dienstfahrzeug. Alles für die Sicherheit der Bürger.« Er nickte gewichtig.

»Was Gerhard Seiler nun nicht mehr helfen wird.«

»Was haben Sie nur immer mit dem?«

»Er wurde ermordet! Sie sind der leitende Ermittler!«

»Freilich.« Wilkinson zuckte mit den Schultern. »Die Sache läuft, Zeugen sind befragt worden, eine Verhaftung steht kurz bevor. Um also noch einmal zurückzukommen auf die Sitzheizungen …«

»Frau Bürgermeisterin?« Franziska steckte ihren Kopf durch die Tür.

»Entschuldigen Sie, Chefinspektor, die Pflicht ruft.« Die Gelegenheit musste sie nutzen. »Ich werde mir Ihr Anliegen durch den Kopf gehen lassen.«

»Ich beantrage den Kostenvoranschlag. Vielleicht kommt es günstiger, wenn wir gleichzeitig neue Autoradios einbauen lassen.«

Beate zog eine Grimasse und begleitete Wilkinson zur Tür. Nachdem er gegangen war, drehte sie sich zu Franziska. »Sind die alle bescheuert?« War der Chefinspektor unfähig, hatte er keine Lust oder hatten ihm irgendwelche giftigen Dämpfe in der Bausubstanz bei der Renovierung des Polizeikommandos einen Schaden zugefügt? Das sollte sie vielleicht recherchieren lassen, nicht dass man die Stadt noch wegen Asbestvergiftung verklagen konnte.

»Wie wäre es mit einer Monatskarte für die Polizei?«, fragte Franziska. »Das sollte in unserem Budget drin sein. Außerdem unterstützen wir die öffentlichen Verkehrsmittel und tun etwas für die Umwelt.«

»Öffentliche Verkehrsmittel?«

Beate hatte die jungen und dynamischen Schritte nicht kommen gehört, aber Kevin Eisinger betrat ohne zu klopfen ihr Zimmer. Franziska presste die Lippen zusammen. Schließlich sagte sie: »Die Frau Bürgermeisterin hat ein wichtiges …«

Der Jungpolitiker unterbrach sie mit einer ausholenden Armbewegung. »Was sagen Sie nun, Frau Brandtner?«

»Frau Bürgermeisterin«, unterbrach Franziska ihn.

»Die Menschen lieben meine Heizpilz-Idee!«

Genau. Schmiedemeier und Wilkinson waren begeisterte Fans. Alle vernünftigen Personen in ihrem Umfeld, das waren bisher Franziska und sie selbst, hielten die Idee für einen noch größeren Schwachsinn als den Freizeitpark.

»Ich denke, Sie haben ganz viel Potenzial.« Sie klopfte dem jungen Mann auf die Schulter. »Aber nun haben Franziska und ich einen dringenden Termin. Sie wissen ja, der Wahlkampf.« Im Café Centrale. Bei einem Kaffee mit viel Likör. Dieser Wahlkampf machte sie noch zur Alkoholikerin. Was ihr schauspielernder, pardon, adeliger Ehemann nicht geschafft hatte, erledigte nun Kevin Eisinger. »Wollten Sie was Bestimmtes?«

»Ihnen sagen, dass Sie mit Ihrem Theater einpacken können. Heizpilzen gehört die Zukunft!«

Vielleicht verzichtete Beate einfach auf den Kaffee und trank den Likör pur. Besser noch einen Grappa.

»Über die Premierenfeier müssen wir auch noch sprechen«, sagte Franziska. »›Sekt ist eine Unverschämtheit‹, ich zitiere wieder Marisella Kleinschmidt, unterstützt von ihrem Erzfeind Walter Kirschner, ›sind wir nicht mindestens Champagner wert?‹«

*

»Eifersucht, Huber.« Reichel sah sich die Zeichnung an, die sein Assistent angefertigt hatte.

»Im Zentrum die schöne Valeria.«

Huber hatte Valeria in die Mitte des Blattes gesetzt und sie mit einem Herzchen umrahmt. Alle übrigen Mitglieder der Theatergruppe waren darum herumgruppiert. Von ihnen gingen Pfeile in unterschiedliche Richtungen, die entweder ebenfalls mit Herzchen oder mit Blitzen markiert waren. Der Pfeil von Anna Deixler zu Gerhard Seiler wies beides auf.

»Meine Güte, Huber, das ist ja ein völliges Durcheinander!«

»Leider.« Der junge Mann zuckte unglücklich mit den Schultern. »Ich habe versucht, mit der Dicke der Pfeile deutlich zu machen, wie verdächtig sich die betreffende Person in unserer Befragung verhalten hat.«

Der schwärzeste Pfeil führte von Anna Deixler zu Gerhard Seiler.

»Das geht so nicht.« Reichel nahm Huber den Stift aus der Hand. »Die Eifersuchtstheorie ist einfach zu komplex, da steigen wir niemals durch.« Auch der Mörder wäre sicherlich niemals auf so einen Unsinn gekommen.

Huber schaute ihn zweifelnd an. »Und was machen wir dann?«

»Eine andere Theorie. Polizeiarbeit ist manchmal auch Improvisation.«

Sein Assistent blickte immer noch etwas zweifelnd.

»Möchten Sie das lieber mit Wilkinson durchdenken?«

»Nein, Chef, auf keinen Fall, Chef, Sie haben völlig recht, Chef.« Er strich das gesamte Schaubild einmal quer durch. »Wie kommen wir zu unserer neuen Theorie?«

»Cui bono, Huber, das hatten Sie schon einmal gesagt. Wenn wir Martin Riedl einmal außen vor lassen, dessen Tod niemandem etwas bringt …«

»Außer dem Praktikanten in der Stadtverwaltung. Der darf jetzt Briefe austragen.«

Reichel runzelte die Stirn. »Macht ihm das Spaß?«

»Er hat es … organisiert. Effizient.«

Reichel dachte nach. In letzter Zeit war die Post tatsächlich täglich bei ihm eingetroffen, statt einmal die Woche in einem Bündel. »Hätte er sich nicht einfach um ein Praktikum bei der Post bewerben können, statt jemanden umzubringen, wenn ihm so viel daran liegt?«

Huber zog die Augenbrauen zusammen. »Das … äh …« Er strich den Praktikanten auf seinem Schaubild durch. »Möglicherweise kein ausreichendes Motiv.«

»Möglicherweise keins.« Reichel nickte zufrieden. »Kommen wir also zu weiteren Nutznießern des Mordes.«

»Seinen Erben?«

Reichel hielt inne. »War er denn reich?«

»Arm wie eine Kirchenmaus.«

Reichel seufzte. »Huber, welche Position hatte Gerhard Seiler inne?«

»Na, der Regisseur.« Sein Assistent sah ihn verwirrt an.

»Und jetzt?«

»Jetzt … ist er es nicht mehr«, sagte Huber stockend, »weil er ja … Oh Teifl eine, Chef, Sie sind ein Fuchs! Wer ist jetzt für die Regie verantwortlich? Aufgestiegen von der Assistentin zur richtigen Regisseurin! Na, wenn das nicht ein ganz anderer Karrieresprung ist als der vom Praktikanten zum Postboten.«

Reichel machte drei Ausrufezeichen hinter den Namen der Regisseurin. »Dieser Angelika Fellner werden wir morgen noch mal ganz genau auf den Zahn fühlen.«

»Wir, Chef?«

»Ist Wilkinson nicht mit dem Umbau des Polizeikommandos beschäftigt?«

*

Ganz leicht angetrunken und deshalb guter Laune schloss Beate die Wohnungstür auf.

»Kevin Eisinger will Heizpilze an Bushaltestellen aufstellen«, begrüßte Peter sie.

»Herrgottnochmal, bin ich die Einzige, die sieht, wie bescheuert diese Idee eigentlich ist?«

»Dann ist das Warten auf den Bus richtig gemütlich.«

Beate stöhnte. War da irgendetwas im Lendnitzer Leitungswasser?

»Nicht, dass ich jemals mit dem Bus fahren würde«, beeilte sich Peter hinzuzufügen. »Ein Brandtner fährt nicht mit öffentlichen Verkehrsmitteln. Ein Brandtner besitzt natürlich ein Auto.«

Als ob ihr kleiner Fiat so etwas Besonderes war. »Als echter Graf fehlt dir der Chauffeur.« Beate packte den Tiefkühlauflauf, den sie auf dem Heimweg noch geschwind im Billa besorgt hatte, aus der Folie und schob ihn ins Backrohr.

»Früher hatten wir einen.« Peter lehnte sich an den Kühlschrank und wedelte mit der rechten Hand. »Trotzdem: Dieser Jungpolitiker hat Visionen.«

Beate richtete sich auf. »Visionen? Halluzinationen meinst du wohl.« Da waren womöglich andere Pilze im Spiel. »Heizpilze! An Bushaltestellen!«

»Frischer Wind in der Politik. Du solltest ihn im Auge behalten. Vielleicht mit ihm zusammenarbeiten.«

»Er ist in der Opposition, Peter.« Ihr Mann hatte das Konzept politischer Parteien noch nie so richtig verstanden.

»Dann wäre es an der Zeit, ihn in dein Boot zu holen. Er könnte doch diesen Schmiedemeier ersetzen.«

Ein verlockender Gedanke. Aber vermutlich würde sie damit vom Regen in die Traufe geraten. »Wir haben unterschiedliche politische Ansichten.«

»Schwarz, rot, grün, blau, die Differenzen sind doch alle nicht gravierend.«

»Es geht nicht um Farben, Schatz!«

Ihr Mann seufzte und holte eine Flasche Rotwein aus dem Schrank. »Ob diese Demokratie wirklich die geeignetste Staatsform ist …« Er zuckte mit den Schultern. »Weißt du, in einer Monarchie, da hätte man auch mal Möglichkeiten, wirklich etwas umzusetzen!«

»Also …«, begann Beate. Kurz überlegte sie, ihm einen Vortrag zur politischen Bildung zu halten. Dann fragte sie sich, ob Lendnitz schon reif genug war für eine in Scheidung lebende Bürgermeisterin. Vielleicht konnte Schmiedemeier das in sein Konzept einbauen? Moderne Familienmodelle oder so. Andererseits: Königin Beate? Sie hing ihren Gedanken nach, während Peter zwei Gläser Rotwein eingoss und abwinkte. »Du musst schließlich selbst wissen, was du tust.«

21. Probe: Donnerstag, 20. August

I. AKT – 4. SZENE

Straße. Mercutio, Romeo, die Amme.

REGIE:
Mercutio ab, dich brauchen wir nicht mehr! Die Amme und Romeo!

MERCUTIO *bleibt seitlich am Bühnenrand stehen und beäugt Romeo misstrauisch.*

AMME:
Sagt mir doch, was war das für ein unverschämter Plempl, der nichts als Schmarrn im Kopf hatte?

ROMEO:
Jemand, der sich selbst gern reden hört, meine gute Frau, und der in einer Minute mehr spricht, als er in einem Monat verantworten kann. *Na, das können wir. Wir müssen die Kussszene proben.*

MERCUTIO:
Müssen wir nicht.

AMME:
Jetzt spiel ich. Die Amme ist wichtig, das ist eine tragende Rolle!

ROMEO:
Hier, da hast ein Glaserl Wasser, das kannst in die Küche tragen. (Lacht schallend.)

BÄUERIN CAPULET *stöhnt.*

DIENER:
Hat der Walter grad einen Witz gemacht?

JULIA:
Mir ist wurscht, was wir proben, solange wir überhaupt proben.

MERCUTIO:
Solange wir NICHT die Kussszene proben.

AMME:
Die Amme ist jetzt dran!

DIENER:
Wieso hat er gelacht? Er hat einen Witz gemacht.

ROMEO:
Die Hauptfigur bin immer noch ich!

JULIA:
Bitte?

ROMEO:
Und die Julia. Deshalb müssen wir jetzt küssen. Proben mein ich. (Greift nach Julias Hand.)

MERCUTIO:
Lässt du wohl die Griffel von ihr?
(Schlägt nach Romeos Hand.)

DIENER:
Eine tragende Rolle! Das war der Witz! Tragend! Haha.
(Greift nach Romeos Hand.)
Ich habe auch eine tragende Rolle.

ROMEO *schupft Mercutio mit seinem Bauch an:*
Obacht, Bersch!

MERCUTIO *schreit:*
Hier wird nicht mehr geküsst, du blade Sau!

ROMEO:
Ich zeig dir gleich, wie eine blade Sau zuschlagen kann, du depperter Tocker!

AMME:
ICH bin dran!
(Greift nach Romeos Hand.)

ROMEO:
Kruzitürken, Angelika!

REGIE *vergräbt den Kopf in den Händen.*

APOTHEKER *stürmt auf die Bühne:*
Bin ich schon dran?

Not und Bedrängnis darbt in deinem Blick

(5. Aufzug, 1. Szene)

»Chef! Chef!«

Schon eine halbe Stunde vor der verabredeten Zeit stand Huber am Gartenzaun. »Damit wir nicht zu spät kommen! Wir befinden uns in einer heißen Phase!«

»Haben Sie das von Wilkinson?«

Huber fiel in sich zusammen. »Aus einem Fernsehkrimi.«

Das konnte Reichel verzeihen. »Wir nehmen meinen Wagen.«

Sie fanden Angelika Fellner in der Eisner-Scheune auf der Bühne. Eine Loseblattsammlung um sich herum verteilt, stand sie inmitten der vielen Zettel und deklamierte: *»Julia! Warum bist du so schön noch? Soll ich glauben, der körperlose Tod entbrenn in Lieb und der verhasste, hagre Unhold halte als sein Maderl hier im Dunkeln dich? Aus Furcht davor will ich dich nie verlassen.«* Sie schlug die Hände vor die Brust und fiel auf die Knie. *»Und will aus diesem Palast dichter Nacht nie wieder weichen. Hier, hier will ich bleiben mit Würmern so dir Dienerinnen sind.«*

Von Würmern hatte Reichel in seinem Garten genug. Er räusperte sich. »Frau Fellner?«

Die Regisseurin schreckte zusammen und fuhr herum. Als sie ihre beiden Besucher sah, stellte sie sich aufrecht hin. Ihre Wangen waren gerötet und die kurzen Haare standen an der Stirn wirr vom Kopf ab, so als wäre sie mit den Händen mehrmals hindurchgefahren.

»Das … ich … der Romeo …«, stotterte sie.

»Sie proben die Rolle des Romeos?«, fragte Huber.

Reichel ging mit schweren Schritten auf die Fellner zu. Verunsicherung war immer gut, und wenn man die Verdächtigen schon gleich auf dem falschen Fuß erwischte, umso besser.

Sie wurde noch röter, als sie es ohnehin schon war. »Unsere Julia ist einfach zu fantastisch.« Sie zuckte hilflos mit den Schultern. »Sie kennen Valeria ja.«

Reichel kannte vor allem die Wirkung, die die schöne Valeria auf andere Menschen hatte. Bisher hatte er zwar nur bei Männern beobachtet, wie sie in ihrer Gegenwart zu verliebten, vollidiotischen Teenagern mutierten, aber die jungen Leute heutzutage machten ja ohnehin, was sie wollten, ohne auf das Geschlecht zu achten. Jeder nach seiner Fasson, solange niemand irgendetwas zu Reichels Problem machte. Das war immer schon sein Motto gewesen. Da der tote Regisseur Gerhard Seiler aber nun tatsächlich sein Problem war, war die Information zu Valeria interessant.

»Damit haben Sie gleich zwei Gründe, Gerhard Seiler umzubringen«, sagte er.

Huber kritzelte schon fleißig in sein Notizbuch. Das furchtbare Eifersuchtsschaubild würde noch weitere Pfeile bekommen.

»Welche sollten das sein? Er hat mir mit der Regieassistenz eine riesige Chance gegeben. Dafür werde ich ihm bis zum Ende meines Lebens dankbar sein.«

Reichel kniff die Augen zusammen und hörte Huber neben sich schnaufen.

»Mit Gerhard zusammenzuarbeiten, war eine Offenbarung!«

»Nun übertreiben Sie mal nicht.«

»Ich konnte so viel von ihm lernen. Vor allem natürlich, wie man es nicht macht. Trotzdem. Ich hätte gern noch mehr gelernt.« Sie deutete auf die Textauszüge, die überall auf der Bühne verstreut lagen und handschriftlich bekritzelt waren. »Ohne ihn würde das Stück doch gar nicht richtig atmen, nicht richtig lebendig werden.«

»Vor allem als Romeo für Valeria Hausbichlers Julia hat er eine gute Figur gemacht, nicht wahr?«, warf Huber ein.

Sie kniff die Augen zusammen.

»Eifersucht war im Spiel, Frau Fellner.« Er hielt sein Schaubild hoch, in dem nun gleich mehrere Blitze auf dem Pfeil von Angelika Fellner zu Gerhard Seiler zu sehen waren. »Eifersucht auf Ihren gut aussehenden Chef, der Ihre Angebetete … anbetete. Sie haben Gerhard Seiler beseitigt, weil er Valeria Hausbichler zu nahe kam.«

Die Regisseurin verschränkte die Arme vor der Brust. »Eine wunderbare Theorie. Aber meinen Sie nicht, dass ich dann noch Einiges zu tun hätte? Die gesamte männliche Bevölkerung von Lendnitz betet Valeria an, da hätte ich alle Hände voll zu tun.« Sie sah auf ihre Uhr. »Huch, schon so spät. Wenn ich rechtzeitig zur Premiere fertig sein will, muss ich heute noch zwei Männer erledigen.«

»Tun Sie nicht so scheinheilig, wir haben Ihr Spiel durchschaut!«, rief Huber aufgebracht und funkelte sie an.

Die Fellner öffnete den Mund, schloss ihn wieder und trat vorsichtig einen kleinen Schritt zurück. Dann sagte sie: »Ich habe ein Alibi für die Tatzeit.«

Das nahm Huber den Wind aus den Segeln.

»Ich war bei Valeria zum Brunchen. Wir sind Freundinnen«, fügte sie auf Reichels hochgezogene Augenbrauen hinzu. »*Nur* Freundinnen. *Gute* Freundinnen.«

Da hatte sie den Kavalieren allerdings einiges voraus. Reichels Wissens hatte es noch keiner der Männer geschafft, dass Valeria gern und oft Zeit mit einem von ihnen verbrachte.

»Als Krankenschwester hat sie ungewöhnliche Arbeitszeiten«, fuhr Angelika Fellner fort, »und ich als Regisseurin …« Sie lachte. »Deshalb haben wir es uns am Mittwochvormittag bei ihr zu Hause gemütlich gemacht. So gemütlich, wie es in diesem Dschungel voller Schnittblumen möglich ist.«

»Wir werden das überprüfen«, sagte Reichel.

»Gründlich«, fügte Huber drohend hinzu, der sich anscheinend wieder gefasst hatte. Sie verabschiedeten sich von der jungen Frau und verließen die Scheune.

»Und es war so eine gute Theorie«, jammerte Huber, als sie auf dem Feldweg zurück nach Lendnitz waren.

»Das ist Polizeiarbeit, Huber«, erklärte Reichel, »so viel sollten Sie bei mir schon gelernt haben.«

»Die abstruseste Theorie ist oft die richtige«, zitierte Huber einen Satz, den Reichel – leider Gottes – viel zu oft hatte sagen müssen.

»Überprüfen Sie das Alibi der Regisseurin, erstatten Sie Wilkinson Bericht und …« Reichel stockte. »Wir treffen uns morgen um vier am Gartenzaun«, beendete er seinen Satz schließlich.

Huber salutierte.

*

»Frau Bürgermeisterin, ich bin ungern die Überbringerin schlechter Nachrichten, aber wir müssen gleich los zur Sitzung«, sagte Franziska, als sie ihren Kopf durch die Bürotür steckte.

Beate verzog den Mund. »Vielleicht möchte einer der Ratsherren sich ja kreativ austoben.«

Franziska hob die Augenbrauen, dann stand sie auf, um Beate ein Häferl Kaffee »für den Weg« zu holen. Sie klemmte einen Terminkalender unter den Arm, nahm Beates Aktentasche in die Hand und ging voraus zum Gemeindesaal.

Der große Raum, in dem die Sitzungen stattfanden, lag im Erdgeschoss und war mit einer Kassettendecke und Wandteppichen mittelalterlich verkleidet. Beides hatte Beates Vorgänger 2007 einbauen lassen. Beate dagegen stand noch nicht einmal Geld zur Verfügung, um bequeme Sitzpolster zu kaufen, deshalb konnte sie es sich erst recht nicht leisten, diese Albernheiten wieder rückgängig zu machen.

»Grüß Gott, meine Damen und Herren.« Sie trat ein und schloss die schwere Eichentür. Allgemeines Gemurmel erfolgte, Füßescharren und Sesselrücken, als die Ratsmitglieder sich setzten.

Beate nahm ihren Platz in der vordersten Sitzreihe ein und schielte auf Franziskas Kopien, um die Tagesordnungspunkte herauszubekommen.

»Liebe Kolleginnen und Kollegen«, eröffnete sie anschließend die Sitzung und wurde beinahe augenblicklich von Kevin Eisinger unterbrochen.

»Ich habe eine Frage zu den jüngsten Vorfällen in Lendnitz!«, sagte er und stand auf, die rechte Hand erhoben.

Beate seufzte. Franziska neben ihr spannte sich merklich an.

»Wie sicher ist Lendnitz?«, fragte Kevin Eisinger.

»Sehr.« Schmiedemeier, der in der Reihe hinter Beate saß, nahm seine Brille von der Nase und putzte sie mit seinem Sakkoärmel. »Wir haben Maßnahmen eingeleitet, die hervorragend und bleibend … und werden eine Pressemitteilung, in der wir darlegen, wozu unsere Maßnahmen … und die Bürger brauchen keine Angst zu haben, niemand muss seine Türen verrammeln!«

Kevin kniff die Augen zusammen. »Hah?«

»Lendnitz ist sicher«, übersetzte Franziska.

»Das sind doch alles leere Floskeln! Das haben wir schon viel zu oft gehört!«

Beate öffnete empört den Mund, da legte Schmiedemeier ihr eine Hand auf den Arm. »Gar nicht erst auf dieses Niveau begeben!«, zischte er. »Sie sind die Bürgermeisterin. Das haben Sie nicht nötig.« Etwas unschlüssig sah Beate ihren Wahlkampfberater an, doch Franziska übernahm bereits ihre Verteidigung: »Die Frau Bürgermeisterin macht keine leeren Versprechungen.«

Wie jemand anderes, der seinen fiktiven Freizeitpark schon eingestampft hatte und dann Heizpilze wie Kaninchen aus dem Zylinder zog, dachte Beate.

»Ach nein?« Kevin Eisinger wurde lauter. »Was hat sie denn für unsere Gemeinde getan?« Er breitete die Arme aus und wandte sich an die anwesenden Gemeinderatsmitglieder. »Ich frage Sie, meine Damen und Herren, können Sie sich an gehaltene Versprechungen unserer Frau Bürgermeisterin erinnern? Was hat sie eigentlich in den letzten Jahren erreicht? Was hat sie getan?«

»Was sie getan hat?« Jetzt sprang Franziska von ihrem

Sessel auf. »Diese Frage ist eine Unverschämtheit, wo wir alle die Zahlen so eindeutig vorliegen haben!«

»Traue keiner Statistik, die du nicht selbst gefälscht hast.« Der Jungspund winkte ab.

»Was wollen Sie damit sagen?« Franziskas Augen verengten sich, und Beates Versuch, sie auf ihren Sessel zurückzuziehen, wehrte sie ab. Stattdessen ging sie auf Kevin Eisinger zu, der seinerseits aus seiner Sesselreihe heraustrat.

»Nun, liebe … Sekretärin. Wir alle wissen, mit welchen Mitteln man Zahlen so frisieren kann, dass sie ein gutes Bild ergeben. Auch wenn sie in Wirklichkeit das Gegenteil beweisen.«

»Von welchen Zahlen sprechen Sie?«

»Von den roten zum Beispiel.«

»Hört, hört!«, konnte Beate Gemurmel aus dem Publikum auf Kevin Eisingers Seite vernehmen. Sie schoss dem Schuldigen einen bösen Blick zu.

Franziska und Kevin Eisinger standen nun Nasenspitze an Nasenspitze voreinander.

»Schuldenabbau hat die Frau Bürgermeisterin betrieben, und das mit einem fantastischen Ergebnis von 20 Prozent!«

»Eben«, murmelte Beate und rückte selbstgefällig den Kragen ihrer Bluse zurecht.

»Ha!« Kevin Eisinger schnaubte. »Und was ist dabei herausgesprungen für Lendnitz? Nichts! Haben wir bessere Schulen? Mehr Arbeitsplätze? Heizpilze?!?«

»Heizpilze!«, rief nun einer von Kevin Eisingers Unterstützern. »Wir wollen Heizpilze!«

»Die Frau Bürgermeisterin hat weitaus bessere Ideen, als sich mit Heizpilzen zu beschäftigen«, hielt Franziska dagegen.

»Ach, ich vergaß.« Kevin zog eine Grimasse. »Ein Bauerntheater mit depperten Darstellern, das Unterhaltung für genauso depperte Zuschauer bietet.«

Franziska zog die Augenbrauen zusammen und trat ihrem Kontrahenten vors Schienbein.

Dann brach das Chaos aus.

Kevin schrie, hielt sich das linke Bein und hüpfte auf dem rechten im Kreis herum. »Sie Irre!«, schrie er. »Sie wildgewordene Furie!« Seine Parteikollegen sprangen von ihren Sitzen auf und stürzten sich auf Franziska, die einem in die Hand biss, einem anderen mit dem Zeigefinger in die Nase pikste, sich duckte und ihnen entwischte. Nun kam auch Bewegung in Beates Genossen, die sich mit einem Kampfschrei auf Kevin Eisinger und seine Freunde stürzten. In Nullkommanichts war die Sitzung in eine Schlägerei ausgeartet, in der eine Horde Anzugträger mit Aktenkoffer aufeinander einschlug, an Krawatten zerrte und auf polierte Schuhe trat.

Aus sicherer Entfernung versuchte Beate ruhig zu bleiben und tief durchzuatmen.

»Ein Skandal!«, flüsterte Schmiedemeier neben ihr. Aus seinen entsetzt aufgerissenen Augen zu schließen, war es aber nicht die Art Skandal, die er sich erhofft hatte.

Franziska trat neben Beate. Ihre Wangen waren gerötet und ihr Atem ging etwas schneller, aber ihre blonden Haare hatte sie schon wieder geordnet.

»Frau Bürgermeisterin, wir sollten zurück an die Arbeit«, sagte sie. »Es gibt noch Fragen bezüglich der Theateraufführung.«

Beate nickte. »Jemand muss die Polizei informieren. Der Gemeinderat ist ausgezuckt.«

»Eine Schande.« Franziska tippte schon eine Nummer

in ihr Handy. »Chefinspektor Wilkinson? Es gibt eine Schlägerei im Rathaus. Nein, im Gemeinderat. Nein, der Gemeinderat selbst. Bringen Sie Verstärkung mit.«

*

Reichel erhob sich und streckte seinen mitgenommenen Rücken. Die Sonne stand schon hoch am Himmel, es ging auf Mittag zu. Er wunderte sich, dass er noch nichts von Huber gehört hatte. Doch bevor er hineingehen und eine Limonade holen konnte, kam dieser die Straße heruntergelaufen.

»Chef, Chef! Angelika Fellners Alibi ist wasserdicht.«

»Sie war tatsächlich bei der Hausbichler brunchen?«

»›Meine Busenfreundin‹, nennt die schöne Valeria sie.«

Reichel runzelte die Stirn. Das Diandle hatte wohl nicht viele Freundinnen gehabt im Leben.

»Aber nicht nur Valeria Hausbichler, auch der Praktikanten-Postbote kann bezeugen, dass sie zur Tatzeit dort war. Er hat wieder einmal einen Blumenstrauß angeliefert. Die Floristik Schweikert ist allein dafür verantwortlich, dass wir überhaupt noch eine eigene Poststelle haben, sagt er. Sonst wäre sie schon längst geschlossen worden. Jedenfalls fällt die Fellner als Täterin aus.«

Das überraschte Reichel. Doch als alter Polizeihase, der er war, konnte er sich blitzschnell auf neue Situationen einstellen. »Dann brauchen wir eine andere Theorie. Auch wenn das heißt, dass wir zu diesem verfluchten Eifersuchts-Schaubild zurückkehren müssen.«

Huber grinste und zog das inzwischen zerknitterte Blatt Papier aus seiner Jackentasche. Beim Anblick der vielen Pfeile, Herzchen und Blitze schauderte es Reichel.

»Wir könnten eine Rangfolge erstellen«, schlug Huber vor. »Die eifersüchtigste Person an erster Stelle.«

*

Valeria stutzte, als sie in den Behandlungsraum trat. Das war nun schon der dritte ältere Herr im Anzug, dem sie ein Pflaster aufkleben, Mobilat auftragen oder einen Daumen schienen musste. Normalerweise waren ihre Patienten … diverser.

»Gab es heute eine Prügelei an der Börse?«, fragte sie, nachdem sie den Mann mit Glatze und schief hängender Brille und einer Platzwunde an der Augenbraue versorgt hatte. Ihr Patient schien jedoch nicht sonderlich gesprächig zu sein. Er presste nur die Lippen aufeinander. Das war sie von Männern bisher nicht gewohnt. Valeria zuckte die Schultern, trug Salbe auf und wechselte in Behandlungsraum vier.

»Sie kenne ich doch!« Zwar trug ihr neuer Patient auch einen Anzug, war aber mindestens 20 Jahre jünger als die vorigen. Sein Gesicht grinste Valeria auf dem Weg zur Arbeit an jeder Straßenecke an. »Und ich dachte, die Zahnlücke wäre nur ein Lausbubenstreich und mit Edding auf die Plakate gemalt worden.«

Kevin Eisinger lächelte gequält. Dann stellte er sein linkes Bein auf die Behandlungsliege und zog die Hose das Schienbein hoch, sodass die Prellung sichtbar wurde.

»Ui, da hat aber jemand fest zugetreten.« Valeria besah sich die Verletzung. Eine leichte Schwellung rötlich-blau angelaufen, die wohl noch dicker werden würde, und eine Hautabschürfung in der Mitte.

Als Erstes holte Valeria etwas Desinfektionsmittel. »Wird gleich besser werden.«

»Na, bei dieser Pflege auf jeden Fall.« Er sah sie von der Seite an und strich sich mit der linken Hand den Scheitel glatt.

»Wir sind das beste Krankenhaus in der Region.« Dass es auch das Einzige war, wusste Kevin Eisinger vermutlich selbst.

»Ich meinte nicht das Krankenhaus.« Die Finger seiner rechten Hand bewegten sich auf Valerias Hände an seinem Schienbein zu. Schnell trat sie einen Schritt zurück.

»Die Oberschwester hat ein striktes Patienten-Dating-Verbot.« Eher ein Grabsch-Verbot, aber Dating klang harmloser.

»Auch ein Politiker-Dating-Verbot?« Kevin Eisinger rückte seine Krawatte zurecht. Der gewünschte Effekt litt etwas darunter, dass sie ab dem Brustkorb nur mehr an einem Faden hinunterhing.

»Ich hole etwas gegen die Schwellung.«

Kevin Eisinger grinste anzüglich, und Valeria unterdrückte den Wunsch, ihm noch gegen sein anderes Schienbein zu treten. Auch da hatte die Oberschwester ein striktes Verbot.

»Was war denn überhaupt los?«, fragte Valeria. »Gab es einen Überfall?«

»So könnte man es sagen«, nuschelte er auf einmal nicht mehr so selbstbewusst.

Valeria trug vorsichtig die Salbe auf. »Schlimm. Was wollten die Verbrecher denn? Geld? Etwas erpressen?«

»Die Sache hatte einen politischen Hintergrund.«

Huch. Na, da hielt Valeria sich besser heraus. Abgesehen davon würde sie ohnehin für Kevin Eisingers Konkurrentin stimmen. Auf alle Lebenszeit war sie Beate Brandtner dankbar für die Lendnitzer Bauernburschen. Ihre Bürgermeisterin höchstpersönlich hätte Kevin Eisinger und den Gemeinderat überfallen können, Valeria würde sie trotzdem wiederwählen. Sie holte einen Flyer aus ihrer Kitteltasche.

»Die Kärntner Bauernburschen feiern am 27. August Premiere. Vielleicht haben Sie ja Lust zu kommen.«

Er stöhnte. Da hatte sie sein Schienbein wohl etwas zu fest angefasst.

Komm Stärkungstrank, nicht Gift! Begleite mich

(5. Aufzug, 1. Szene)

Beate stand, mit Bauhelm auf dem Kopf und Warnweste über dem Kostüm, an der belebtesten Ecke von Lendnitz, dem Kreisverkehr am Ende der Klagenfurter Straße.

»Ein Video, Frau Bürgermeisterin, ist noch viel besser als ein einzelnes Shooting!« Schmiedemeier tanzte aufgeregt um sie herum, und Beate versuchte, sich so wenig wie möglich zu bewegen, während die Visagistin prüfend die Augen zusammenkniff und noch einmal Puder auflegte.

»Ist das hier eine Hollywoodproduktion?«, murmelte Beate, und auch Franziska hinter der Digitalkamera suderte vor sich hin. »So ein Theater hat die Frau Bürgermeisterin doch nicht nötig«, grummelte sie, nur um daraufhin von Schmiedemeier belehrt zu werden: »Damit erreichen wir auch die politikmüde Jugend! Damit gehen wir auf YouTube. Wir machen einen Podcast! Auf Ihrer Facebook-Seite!«

»Haben Sie ein Social-Media-Seminar besucht?«, fragte Franziska.

»Nicht nur eins!« Schmiedemeier hob stolz den Kopf. »Ich bin der beste Wahlkampfberater, den sich unsere Frau Bürgermeisterin wünschen kann.«

Beate sah an sich herunter, auf die Warnweste und das alberne Schild in ihren Händen, ein gelbes Dreieck mit einem Blitz. ›Das steht für Gefahr‹, hatte Schmiedemeier erklärt. ›Gefahr, die wir eliminieren werden.‹ Den *besten Wahlkampfberater* konnte man also durchaus infrage stellen.

»So, und nun Film ab, wie man so schön sagt!« Er wedelte mit beiden Händen in der Luft herum. »Klappe, die erste!«

Mit einem Augenrollen drückte Franziska auf den Aufnahmeknopf der Kamera, und Beate holte Luft. »Bürgerinnen und Bürger von Lendnitz«, begann sie.

»Frau Brandtner, Frau Brandtner!« Die Fleischergattin drängelte sich neben sie. »Oh, drehen Sie einen Film?« Sie fasste sich in die Locken. »Ich muss dringend mit Ihnen sprechen.«

Schmiedemeier hüpfte auf und ab. »Ja, aber doch nicht jetzt, gute Frau!«

Sie funkelte ihn an. »Sie kriegen nicht mehr das beste Fleisch.«

Kleinlaut entschuldigte er sich, und Marisella Kleinschmidt wandte sich wieder an Beate, die der Frau zulächelte. Immerhin war das ihre Basiszielgruppe unter den Wählern: theaterbegeisterte Frauen.

»Sie müssen den Walter Kirschner aussihauen.«

»Ich muss was?« Beate sah sie verwirrt an.

Die Visagistin puderte Marisella Kleinschmidts Nase und die Fleischergattin nickte nachdrücklich. »Wissen Sie, was der immer zu mir sagt? Und die Angelika, die neue Regisseurin ist ein liebes Maderl, aber durchsetzen kann sie sich nicht.«

»Walter Kirschner spielt den Romeo!« An dem hing die gesamte Theaterproduktion.

»Als ob der so wichtig wäre!«

Fasziniert sah Beate die Kleinschmidt an, und auch Franziska hielt die Kamera inzwischen nur noch auf sie.

»Die HAK liegt zwar schon lange hinter mir, aber ich meine mich erinnern zu können, dass das Stück ›Romeo und Julia‹ heißt«, bemerkte Schmiedemeier.

Der erste vernünftige Satz ihres Wahlkampfberaters, aber auch darauf hatte Marisella Kleinschmidt eine Antwort: »Pffft. Wir können es auch in Mercutio und Julia umbenennen.« Sie machte eine wegwerfende Handbewegung, dann zwinkerte sie Beate zu: »Das ist übrigens ein lieber Bersch, der!«

Beate verstand nur noch Bahnhof, erinnerte sich dann aber wieder an den Wahlspruch, den Schmiedemeier ihr mehrfach eingeschärft hatte: ›Bloß keine potenziellen Wähler vergraulen.‹ »Ich seh zu, was sich machen lässt«, versprach sie daher.

Die Kleinschmidt tätschelte ihr den Arm. »Dann wähl ich Sie auch trotz dieses Aufzugs hier. Ein kleiner Tipp unter uns Frauen: Eine Federboa verleiht ihrem Auftritt noch etwas mehr Charme.« Damit rauschte sie ab.

Beate hielt ihr Schild hoch, nickte Franziska zu und hob zum zweiten Mal an: »Bürgerinnen und Bürger von Lendnitz …«

»Frau Bürgermeisterin!«

*

Reichel besah sich die Liste. »Anna Deixler an erster Stelle, das gefällt mir nicht.«

»Sie hat die meisten Blitze«, sagte Huber. »Und dann die Befragung, in der sie unbedingt den Verdacht von sich ablenken wollte.«

»Mit völlig haltlosen Vorwürfen gegen unsere Fleischergattin.« Reichel nickte. Auf seinen Fleischer ließ er nichts kommen. Aber ob die Vorwürfe wirklich haltlos waren, würde sich freilich noch erweisen müssen. »Zuzutrauen ist Marisella Kleinschmidt allerdings alles. Trotzdem, Huber, irgendetwas gefällt mir nicht.«

»Die Kleinschmidt gefällt nicht einmal ihrem Mann.«

»Jetzt hören Sie mir doch mal zu, Huber. Gerhard Seiler wurde umgebracht, und das dürfen wir nicht vergessen, da war ganz viel Wut im Spiel. Erstechen, das macht man nicht einfach so, das ist Leidenschaft, das sind Gefühle, das ist ganz viel Hass.«

Huber nickte beeindruckt. »Was auf Anna Deixler zutrifft.«

»Er wurde erstochen, kommen Sie mal her.« Reichel nahm seine Spitzhacke zur Hand und erhob sie drohend.

Huber blätterte in seinem Notizblock. »Das Messer kam von schräg oben, bei erhobener Hand müsste der Täter ungefähr oder zumindest fast genauso groß sein wie Gerhard Seiler selbst.«

»Und wie groß war unser Regisseur?«

»1,80 Meter.« Huber schüttelte den Kopf. »Anna Deixler könnte natürlich auf einem Sessel gestanden sein. Aber das ist nicht sehr wahrscheinlich«, ergänzte er auf Reichels ungläubige Miene hin.

»Wer außer Anna Deixler konnte also einen Grund gehabt haben, Gerhard Seiler umzubringen?«

Huber lauschte aufmerksam. »Nehmen wir also einmal an, es geht um eine Frau«, fuhr Reichel fort.

»Es geht immer um eine Frau«, ergänzte Huber, »oder um Macht und Geld.«

Reichel dachte an seine vergangenen Mordfälle, zwei

Serienmorde. Um was war es da eigentlich gegangen? So ganz verstanden hatte er das damals nicht … Dennoch: Geld oder Liebe. Das wurde einem schon auf der Polizeischule beigebracht. »Im Zentrum der Aufmerksamkeit steht die schöne Valeria.« Er tippte auf das Herz in der Mitte ihres Schaubilds. »Jemand ist in sie verliebt, tut alles, um ihre Aufmerksamkeit zu erregen, wähnt sich womöglich schon am Ziel seiner Träume, vielleicht, weil er die Hauptrolle ergattert hat …« Reichel machte eine dramatische Pause, in der er bei Huber buchstäblich das Licht aufgehen sah.

»… und dann kommt Gerhard Seiler und nimmt sie ihm wieder weg«, beendete sein Assistent den Satz mit leuchtenden Augen und roten Wangen.

»Deutlicher als Mörder gekennzeichnet wäre er nur mit einem M auf dem Mantelaufschlag.« Reichel nickte grimmig. »Huber, erinnern Sie sich noch an die Worte der schönen Valeria? *Der deinen wackren Freund Mercutio erschlagen, liegt hier tot: entleibt von Romeo.* Romeo ist in diesem Fall Walter Kirschner.«

»Oh mein Gott, Chef!« Aufgeregt sprang Huber vor der Gartenhecke hin und her. »Das Diandle ist prophetisch!«

»Es würde Sinn ergeben, nicht wahr? Martin Riedl war scharf auf die Rolle des Romeos, das haben uns alle bestätigt. Vielleicht hatte er den Regisseur schon auf seine Seite gezogen oder war Valeria anderweitig zu nahe getreten. Vielleicht hat er auch einfach nur Walter Kirschner, dem Hauptdarsteller, die Show gestohlen.«

»Wie es auch immer war: Er wurde Kirschner gefährlich und musste weg.«

»Und dann haben wir da noch Gerhard Seiler, den Regisseur, der ihm seine Rolle wegnahm, um sie selbst auszufüllen.«

»Und mit dem Mord an Riedl hat er sich ins eigene Fleisch geschnitten. Aber wie hätte er das auch ahnen können, dass der Seiler ihn degradiert?«

»Genau. Die Erkenntnis wird ihn zu spät getroffen haben.«

»Ich könnte mir vorstellen, dass er da ganz schön angefressen war.«

Reichel nickte. »Mehr als das. Deshalb auch die Mordmethode. Brutal ein Messer in den Rücken gerammt, Huber. Das war nicht nur Wut auf Gerhard Seiler, das war auch Hass auf sich selbst.« Das Psychologie-Seminar in Klagenfurt, zu dem man ihn vor 15 Jahren geschickt hatte, zahlte sich doch noch aus.

»Chef, das ist genial! Sie treffen wie immer den Nagel auf den Kopf! Lassen Sie uns gehen und den Dreckskerl schnappen!«

»Was, jetzt?« Entsetzt sah Reichel auf die Uhr. Es war schon nach neun. Er hatte sich auf einen entspannten Fernsehabend gefreut.

»Soll ich etwa Wilkinson anrufen?« Mindestens ebenso bestürzt sah Huber auf sein Handy.

Dem hatte Reichel nichts entgegenzusetzen. »Wir nehmen mein Auto.«

*

Walter Kirschner lockerte die rote Krawatte seines Kärntner Anzugs, holte sich ein Bier aus dem Kühlschrank und ließ sich auf sein Sofa fallen. Er war nun einmal der beste Romeo, der Kärntens, nein, Österreichs Bühnen beglückte, da konnte sich Peter noch so sehr auf den Kopf stellen. Der sollte froh sein, dass seine Frau die Bürgermeisterin war, ohne diese Verbindung wäre sogar die Rolle des Dieners zu viel der Ehre für diesen blutigen Amateur. Er breitete die Arme aus. Ja, das war sein Markenzeichen. Seine eigene schauspielerische Note, die er dem Ganzen gab. Romeo mit ausladenden Gesten. Unverständlich war allerdings, weshalb die schöne Valeria sich davon unbeeindruckt zeigte. Sie presste nur zwischen ihren zusammengebissenen Zähnen hervor, dass sie sich darauf konzentrieren müsse, dass die Julia den Romeo liebte, ›verdammt nochmal liebte, also schau den Walter jetzt dementsprechend an, du dumme Gans‹. Dass das Diandle da immer noch Probleme hatte, war ihm ohnehin ein Rätsel. Wahrscheinlich war sie noch nie so einem Mann gegenübergestanden. Er legte sich ganz schön ins Zeug, das teure Parfüm hatte er erst dreimal aufgetragen, damals, als er seine Exfrau beeindrucken wollte.

Ja, freilich, er war nicht mehr ganz in Valerias Altersklasse, aber was bedeuteten schon Jahreszahlen, wenn es um Leidenschaft, Romantik und die große Liebe ging? Was bedeuteten da ein paar Kilo zu viel, ein paar Haare zu wenig? Er würde sie auf Händen tragen oder sie zumindest besser behandeln als seine Exfrau. Den Müll würde er ab und zu rausbringen. Er lernte aus seinen Fehlern. Ja, doch, er war ein Prachtexemplar von Mann, anders konnte man das nicht sagen.

Er lehnte sich zurück, nahm einen großen Schluck aus der Flasche und weil er sich auf dem Heimweg noch zwei Leberkassemmeln gegönnt hatte, wuchtete er sich doch noch einmal hoch, um die Blutdrucktabletten aus der Tasche zu kramen. Seit sein Arzt, der Dr. Petutschnig, ihn geradewegs auf ein frühes Grab zusteuern sah, schluckte er die Dinger wie seine Exfrau ihre Vitamintabletten. Der neuen Medizin sei Dank, dass es möglich war, auf eine derart einfache Art und Weise etwas für die Gesundheit tun zu können. Dr. Petutschnig hatte zwar auch etwas von ›Bauchumfang reduzieren‹ und ›mehr Bewegung‹ gesagt, aber ein Mann ohne Bauch war ein Krüppel, an diese Redensart hatte er sich immer gehalten. Wo sollte sich die schöne Valeria sonst herankuscheln? So ein Sixpack war doch viel zu hart und ungemütlich.

Walter begann zu schwitzen, was bei dem Wetter und eigentlich auch generell nicht ungewöhnlich war. Das Bier würde Abhilfe leisten.

Erst eine knappe halbe Stunde später, als schwarze Punkte vor seinen Augen tanzten und er zu müde war, um Arme und Beine zu heben, wurde er wirklich misstrauisch. »Kruzitürken, was hat der Saubeutel von Fleischer in seinen Leberkas getan?«, war das Letzte, was er dachte, bevor ihm die Augen zufielen.

*

»Sein Auto steht in der Einfahrt, Licht ist an, ich kann den Fernseher hören«, murmelte Reichel. »Er muss zu Hause sein.«

»Vielleicht liegt er in der Badewanne und hat vergessen, den Fernseher auszuschalten?«, schlug Huber vor.

»Oder er weiß, wer hier vor der Tür steht«, antwortete Reichel grimmig und griff unwillkürlich zu seiner Dienstpistole. Dorthin, wo früher seine Dienstpistole gewesen war. Also dorthin, wo früher seine Dienstpistole gewesen war, wenn er daran gedacht hatte, sie mitzunehmen. Was, um ehrlich zu sein, nicht immer der Fall gewesen war.

»Sie gehen hintenrum«, flüsterte er seinem Assistenten zu. »Nicht, dass er uns entwischt.«

Huber nickte knapp, machte ein paar Handzeichen, die Reichel nicht verstand, und huschte im Dunkeln durch den Garten hinters Haus.

»Chef, Chef, Hilfe!«, schrie er keine Minute später.

Reichel fluchte, griff sich den nächstbesten Ast, den er finden konnte, und eilte los, um seinen Assistenten zu retten.

Was nicht nötig war. Der stand vor dem Wohnzimmerfenster, das sich auf halber Höhe befand, und hüpfte auf und ab, um hineinzusehen. »Da drin!«, rief er. »Ich glaube, da … unser Tatverdächtiger ….« Er hielt inne. »Ich bin zu klein, ich kann nicht hineinsehen.«

»Lassen Sie mich mal.« Reichel schubste Huber zur Seite. Er war zwar um einiges dicker, aber auch ein paar Zentimeter kleiner als Huber, sodass er vom Fenster rein gar nichts sehen konnte.

»Äh, Chef …?«

»Nun machen Sie schon.« Er faltete die Hände und drehte die Handflächen nach oben. »Räuberleiter.«

Huber zögerte.

»Gefahr im Verzug, Huber, stellen Sie sich nicht so an.«

Das waren die richtigen Worte, sein Assistent liebte Polizeijargon, und dann noch in einem Notfall. Eine Entschuldigung murmelnd setzte er einen Fuß in Reichels Handflächen und kletterte so auf die Fensterbank hinauf. Kniend presste er sein Gesicht an die Fensterscheibe und legte schützend die Hände darum herum.

»Die Rettung!«, keuchte er. »Zielperson liegt regungslos auf dem Boden.«

Zielperson. Wenn die Lage nicht so ernst gewesen wäre, hätte Reichel geseufzt. So ließ er Huber den Spaß und konzentrierte sich auf das Wesentliche.

»Runter da, wieder zurück nach vorn, Tür eintreten!«, kommandierte er, und gemeinsam sprinteten sie zurück durch den Garten zur Eingangstür. »Auf drei!«, rief Reichel, zählte und warf sich gleichzeitig mit Huber gegen die dünne Holztür, die sofort nachgab.

Im Flur konnte Reichel Walters stattlichen Körper auf dem Wohnzimmerfußboden liegen sehen. Während Huber hektisch mit dem Notruf telefonierte, kniete er sich neben den Schauspieler und fühlte dessen Puls. Nichts.

»Helfen Sie mir!« An den Erste-Hilfe-Kurs erinnerte er sich nur schwammig, aber wie bei allen aktionsgeladenen Aktivitäten war Huber mit Begeisterung dabei, sodass sie sich bei der Herzrhythmusmassage abwechselten, bis sie die Sirene der Ambulanz heulen hörten und schließlich der Notarzt ins Zimmer stürmte.

»Platz da, Platz da!« Er scheuchte sowohl Reichel als auch Huber zur Seite, ließ Kirschner von zwei Sanitätern auf eine Trage hieven und übernahm die Führung. »Defibrillator«, rief er. »Keine Zeit zu verlieren.«

Zwei Minuten herrschte Hochbetrieb mit allem, was der Notarzt zur Verfügung stehen hatte. Schließlich wurde es stiller, er seufzte und rückte ein wenig von Kirschner ab.

»Nichts mehr zu machen«, sagte er, »Herzinfarkt.«

»Dann ist er eines natürlichen Todes gestorben?«, fragte Reichel.

»Eindeutig.« Mit einer Geste deutete er auf den Toten. »Bei der Statur und in seinem Alter ist ein Herzinfarkt keine Seltenheit.«

Reichel zog seinen Bauch ein.

»Wir werden ihn trotzdem obduzieren lassen, nicht wahr, Chef? Wir *müssen* sozusagen. Beim derzeitigen Stand der Ermittlungen können wir keine Risiken eingehen«, sagte Huber.

»Chefinspektor Wilkinson wird über den Antrag entscheiden«, erinnerte Reichel ihn. Ihm schien, sein junger Assistent vergaß diese Tatsache gern und oft in letzter Zeit.

»Freilich.« Geknickt sah Huber auf seine Schuhe.

»Was ist denn passiert?« Die glockenhelle Stimme konnte nur der schönen Valeria gehören. Reichel wandte sich um. Die junge Frau stand, in einem Sommerkleid und mit ihrem Textheft unter dem Arm, in der Tür.

»Ihr Co-Darsteller ist leider … hat leider … also der Herr hier …« Der Notarzt, der aufgestanden war und ihr entgegenging, verhedderte sich. »Valeria. Wir kennen uns doch aus dem Krankenhaus. Wie schön, Sie wiederzusehen, was für eine Freude Sie, also …«

»Walter Kirschner ist tot«, sagte Huber. »Es tut mir sehr leid.«

Valeria sah ihn an und nickte langsam. »*Gift, seh ich, war sein Ende vor der Zeit*«, murmelte sie mit blassem Gesicht. Dann drehte sie sich um und verließ das Haus.

Trotz des sommerlich-milden Abends fröstelte es Reichel.

Mein düstres Spiel muß ich allein vollenden

(4. Aufzug, 3. Szene)

»Romeo ist tot!«

Beate blickte von den Unterlagen auf, die sie gerade durchsah. »Selbstmord, weil er Julias Tod nicht ertragen kann. Weiß ich doch, Englisch in der sechsten. «

»Nein, Frau Bürgermeisterin, Herzversagen.« Franziska ließ sich auf den Sessel vor Beates Schreibtisch sinken. »Walter Kirschner ist heute Nacht an einem Herzanfall gestorben.«

»Was? Unser Romeo?«

»Leider.«

Der arme Mann! Nach einer halben Schweigeminute für ihren Darsteller dachte Beate an die Plakate, die schon wieder umsonst gedruckt worden waren. Sie dachte an Kevin Eisinger, der nur auf seine Chance wartete, ihr Projekt den Bach runtergehen zu sehen. Sie dachte an den Kulturausschuss des Gemeinderats. Davon waren immerhin drei Mitglieder seit der Schlägerei bei der Sitzung für die nächsten zwei Wochen krankgeschrieben. Man musste auch für die kleinen Gnaden Gottes dankbar sein.

»Taugt unser Praktikant zum Schauspieler?«, fragte sie schließlich. »Der mag das Postaustragen ohnehin nicht so gern.«

»Aber er ist darin sehr begabt. Er hat die Briefzentrale geordnet. Den Biomüll abbestellt.«

»Wozu braucht die Post einen Biomüll?«

»Da waren Blumensendungen für Valeria Hausbichler drin. Martin Riedl hat sie dort entsorgt. Der Praktikant trägt sie aus.«

Das klang sinnvoll. Für einen Postboten.

»Warum hat Martin Riedl sie in den Biomüll geworfen?«

Franziska zuckte mit den Schultern. »Er besaß eine Regenwurm-Farm. Außerdem war er wohl in die schöne Valeria verliebt. Er wollte seine Chancen erhöhen, indem er ihr die Blumen der übrigen Verehrer nicht überbrachte.«

»Die hatten doch bestimmt noch andere Methoden, ihre Liebe zu gestehen.«

»Über die Effektivität seiner Maßnahme ist nichts bekannt.« Wieder zuckte Franziska mit den Schultern.

Beate saugte ihre Unterlippe zwischen die Zähne. »Sagen Sie, erinnern Sie sich an Marisella Kleinschmidts Wunsch?«

»Die Federboas?«

Beate zögerte. War sie paranoid? Andererseits *war* Gerhard Seiler erstochen worden und sein Mörder lief immer noch frei herum. Marisella Kleinschmidt hatte von ihr gewollt, dass sie Walter Kirschner aus dem Theater aussihaute. Ein Motiv war das möglicherweise … »Steht fest, dass das Herzversagen auf«, sie schluckte, »natürliche Art und Weise eingetreten ist?«

»Wie sollte es denn … oh.« Franziskas Augen huschten hin und her. »Sie meinen Gift.«

Unsicher hob Beate die Schultern.

»Zuzutrauen wäre es der Frau ja«, sagte Franziska. »Sollen wir Chefinsp… also, Wilkinson über unseren Verdacht informieren?«

Beate überlegte. Lächerlich machen – und potenzielle Wählerinnen als Mörderinnen beschuldigen –, wollte sie sich auch nicht, falls Walter Kirschners Tod tatsächlich eine natürliche Ursache hatte. »Ich könnte auch erst einmal Peter bitten, Augen und Ohren während der Proben offenzuhalten.« So schnell kam sie mit der Scheidung ohnehin nicht durch, da konnte er sich in der Zwischenzeit wenigstens nützlich machen.

Franziska sah sie skeptisch an. Schließlich nickte sie halbherzig und tippte eine Notiz in ihr Smartphone.

»Frau Bürgermeisterin, Frau Bürgermeisterin!« Schmiedemeier stürmte ins Büro, die Kleine Zeitung in der Hand. »Wir haben unseren Skandal!« Er strahlte sie an. »Zumindest ein Skandälchen«, relativierte er und deutete auf eine Notiz im Innenteil, die besagte, dass Kevin Eisinger, der bei der Kommunalwahl gegen die langjährige und verdiente Lendnitzer Bürgermeisterin Beate Brandtner antrat, in eine Schlägerei verwickelt gewesen war. »Das wird seinem Ruf schaden.« Schmiedemeier nickte zufrieden.

»Der gesamte Gemeinderat war in die Prügelei verwickelt. Ich bezweifle, dass das seinem Image etwas anhaben kann.«

»Aber davon steht nichts in der Zeitung.«

Tatsächlich hatte der Journalist diese Informationen unterschlagen. Vielleicht war Schmiedemeier als PR-Manager fähiger, als sie gedacht hatte.

»Außerdem hat er eh angefangen«, mischte sich Franziska ein.

Beate ignorierte sie und tippte auf den nächsten Artikel. »Direkt daneben wird ein weiterer Unglücksfall im Theater erwähnt.« Sie biss sich auf die Lippe.

Franziska warf ihr einen bedeutungsvollen Blick zu und Schmiedemeier wurde blass.

»Definitiv ein Unglücksfall, Schmiedemeier«, versuchte

Beate ihn zu beruhigen. »Da müssen Sie sich keine Sorgen machen. Das wird unser YouTube-Video schon richten.«

»Ich habe es vor einer Stunde eingestellt und auf Facebook verlinkt! Schon zwölf Likes und Kommentare! Moment.« Er wühlte in seinem Aktenkoffer und zog dann den Ausdruck einer Internetseite hervor. »›Klass, unsere Frau Bürgermeisterin, siehst echt fesch aus, Diandle‹, von Franz Kleinschmidt. ›Sei bloß froh, dass dei Oide hier nicht mitliest‹, von Manuel Niemitsch. ›Die alte Fuchtl‹, wieder Franz Kleinschmidt. Dann zurück zum Thema von Manuel Niemitsch: ›Die Valeria ist Ihr größter Fan, Frau Bürgermeisterin.‹ Und dann ist mein Facebook zusammengekracht, weil so viele auf einmal kommentiert haben. Sie scheinen sehr beliebt bei der männlichen Bevölkerung.«

Beate zog eine Grimasse. Vielleicht sollte sie sich bei der Aufführung – wenn es denn überhaupt eine gab – gemeinsam mit der Julia fotografieren lassen.

Geschäftig klappte Schmiedemeier seinen Aktenkoffer wieder zu und verabschiedete sich. »Ich muss eine Facebook-Umfrage erstellen!« Er strahlte. »Da kann ich Ihnen gleich eine Prognose für die Wahl an die Hand geben. Ach, Frau Bürgermeisterin, dieses Social Media ist einfach fantastisch!« Damit verschwand er den Gang hinunter und Beate war mit ihren Befürchtungen – und Franziska – wieder allein.

»Marisella Kleinschmidt«, begann sie. Das war zwar eine potenzielle Wählerin, aber ebenfalls eine potenzielle Mörderin. Da musste man abwägen.

Franziska nickte. »Ich werde mal Huber anrufen und nach dem Ermittlungsstand der Polizei fragen.«

*

»Chefinspektor Wilkinson ist fest davon überzeugt, dass unsere Theorie stimmt.«

Reichel zog die Augenbrauen hoch. Er saß mit Huber in seinem fast fertigen – nun gut, halb fertigen ... vielleicht demnächst fertigen ... zugegeben, völlig chaotischen – Garten und genoss eine Zitronenlimonade ohne Gin. Er war mehr oder weniger im Dienst.

»Wilkinson ist überzeugt davon, dass Walter Kirschner Gerhard Seiler ermordet hat. Alle Indizien sprächen dafür«, erklärte Huber. »Damit haben wir den Fall gelöst, geklärt, erledigt.«

»Hm.«

»Hm«, brummte auch Huber.

Hätte Wilkinson ihre Theorie für verrückt erklärt: gut. Aber Wilkinsons Unterstützung brachte Reichel durcheinander. »Steht Kirschners Todesursache fest?«

»Herzversagen.« Huber seufzte. »Eine Obduktion ist nicht angeordnet.«

»Eine Obduktion ist nicht ...«, brauste Reichel auf. Jetzt wurde ihm Wilkinsons Unterstützung richtig suspekt. »Wenn die schöne Valeria schon in Bezug auf den Mörder Gerhard Seilers recht hatte, was sagen Sie zu ihrer letzten Prophezeiung: *Gift, seh ich, war sein Ende vor der Zeit?*« Wieder lief ihm ein Schauer über den Rücken. »Natürlich kann man rational nichts auf das Gequatsche so eines jungen Maderls geben.« Dennoch ...

»Sie ist immerhin Krankenschwester«, sagte Huber.

»Und eine Obduktion wäre in solch einem Fall schon fast Routine«, überlegte Reichel weiter. »Weshalb will Wilkinson die ganze Sache unter den Teppich kehren? Nein, Huber, um mal etwas ganz anderes als Shakespeare zu zitieren: Da ist was faul im Staate Dänemark!«

Huber nickte und kritzelte schon wieder fleißig in seinem Notizbuch herum.

»Walter Kirschner ist ganz sicher keines natürlichen Todes gestorben.«

»Noch ein Mord!« Sein junger Assistent bekam wieder glänzende Augen. »Wie war noch mal unsere Ursprungstheorie? Die Frau Bürgermeisterin hat Sabotage vermutet. Und da fällt mir ein: Ihre Assistentin hat angerufen und nach dem Stand der Ermittlungen gefragt. Ob die Frau Bürgermeisterin etwas ahnt?«

»Kluge Frau«, murmelte Reichel und strich sich übers Kinn. »Da wären wir dann wieder bei Ihrer Frage: Wem nützt es, wenn die Lendnitzer Bauernburschen-Premiere ins Wasser fällt?«

»Kevin Eisinger.« Huber nickte. »Von der Feindschaft zwischen ihm und der Frau Bürgermeisterin weiß ganz Lendnitz.«

Dafür hatte sich in letzter Zeit eine engere Freundschaft zwischen Kevin Eisinger und Chefinspektor Wilkinson angebahnt. Huber hatte ihm erzählt, dass die beiden sich verdächtig oft zum Mittagessen trafen.

»Und …« Sein Assistent zögerte. »Chef, ich fand es gestern nicht wichtig, weil ich nicht dachte, dass es etwas mit dem Mordfall zu tun haben könnte.«

»Alles kann mit einem Mordfall zu tun haben.« So viel hatte Reichel in seiner aktiven Zeit gelernt.

»Es gab eine Schlägerei im Gemeinderat. Die Sekretärin der Frau Bürgermeisterin hat im Polizeikommando angerufen. Offenbar ist Kevin Eisinger ausgerastet und wollte auf unsere Bürgermeisterin losgehen, hat Franziska erzählt. Glücklicherweise konnte sie noch gerade rechtzeitig dazwischengehen und sie aus der Schusslinie bringen. In der Folge hat sich der Gemeinderat geprügelt.«

Reichel runzelte die Stirn. »Der Gemeinderat?«

Huber zuckte mit den Schultern. »Der ganze. Kevin Eisinger scheint mitreißend zu sein.«

»Zu all der politischen Konkurrenz auch noch fehlende Impulskontrolle.« Reichel nickte bedächtig. »Einen Politiker eines Verbrechens zu beschuldigen, Huber, das ist keine Kleinigkeit. Da müssen wir mit äußerstem Fingerspitzengefühl vorgehen.«

»Wie immer, Chef!«

*

Valeria war so niedergeschlagen, dass sie sogar Manuels Hand auf ihrer Schulter ertrug. In drei Tagen war die Aufführung und sie hatten keinen Romeo mehr.

Die anderen schienen sich nicht besser zu fühlen. Sämtliche Bauernburschen hatten sich in der Eisner-Scheune versammelt und standen nun betreten auf der Bühne herum. Anna schluchzte leise vor sich hin, Daniela schnäuzte sich ausgiebig, nur Marisella und Peter blickten fröhlich in die Runde.

Angelika ließ sich auf den Boden sinken. »Ich hatte gehofft, das könnte mein Durchbruch sein.« Sie seufzte. »Erst Assistenz, dann Regie, und jetzt geht alles den Bach runter, weil wir keinen Romeo haben.«

Peter räusperte sich.

Valeria dachte an all die viele Arbeit der letzten Wochen. An ihre erste und vielleicht auch letzte Gelegenheit, auf der Bühne glänzen zu können. Statt ›die talentierte Valeria‹ würde es für immer und ewig ›die schöne

Valeria‹ bleiben. Oder so lange, bis sie so alt wie Marisella war, dann war auch das vorbei. Tapfer hielt sie die Tränen zurück.

Peter räusperte sich erneut.

»Wenn Gerhard das sehen würde.« Anna tupfte sich mit ihrem Schultertuch die Augen ab. »Er hätte bestimmt sein Werk so gern vollendet gewusst.«

Peters Räuspern wurde lauter.

»Brauchst du ein Halsbonbon?«, fragte Valeria.

»Kruzitürken, Diandle! Ich bin ein Mann und ich kann den Romeo auswendig! Ich bin kein Diener, Himmelherrgott nochamal!«

Einen Augenblick herrschte Stille. Dann stand Angelika kopfschüttelnd auf. »Nein, Peter. Du bist einfach … also, ich will nicht sagen, dass du nicht … aber …«

Peter schürzte die Lippen.

»Was sollen wir denn sonst machen?«, fragte Daniela.

»Ich könnte ihm bei unseren gemeinsamen Szenen unter die Arme greifen«, überlegte Valeria.

»Ich habe Gerhards Tod tapfer hingenommen«, mischte sich nun auch Anna ein. »Unsere Aufführung abzusagen, kommt überhaupt nicht infrage!«

»Ich hab die letzten Nächte kaum geschlafen und nur mehr meinen Text gelernt«, rief Manuel.

»Geben wir Peter eine Chance.« Daniela reckte die Faust in die Höhe.

»Genau! Geben wir Peter eine Chance!« Peter nickte nachdrücklich.

Fassungslos sah Angelika in die Runde, und Valeria konnte es ihr nachfühlen. Peter war der grauenhafteste Schauspieler, der ihr je untergekommen war. Und wenn man bedachte, dass Walter der Beste war, hing die Messlatte wahrlich niedrig. Trotzdem: Was blieb ihnen anderes übrig?

»Denk an deinen Durchbruch als Regisseurin«, sagte Valeria und legte Angelika einen Arm um die Schulter. Hatte sie nicht davon geträumt, war das nicht ihr großer, ihr einziger Karrierewunsch? Sie lächelte ihre Freundin an. »Mit diesem Stück wirst du deinen Erfolg haben. Aber bis dahin ist es Peter oder gar nichts.« Und ›gar nichts‹ war weiß Gott die schlechtere Option.

24. Probe: Montag, 24. August

III. AKT – 3. SZENE

Bruder Lorenzos Zelle. Romeo kommt.

REGIE:
Bruder Lorenzo?

...

ROMEO *blickt sich um:*
Oh.
(Zuckt mit den Schultern.)
Ich kann das auch allein. Bin schließlich der Romeo.
(Strafft die Schultern.)
Vater! Was. Gibt's?

REGIE:
Bruder Lorenzo!

ROMEO:
Hauptsache Romeo ist da. Wie. Heißt. Des. Landeshauptmanns. Spruch??!?

REGIE:
Romeo führt hier keinen Monolog, Regina, wo bleibst du?

ROMEO:
Ich kann auch Monolog! Wie. Heißt der. Kummer. Der. Sich. …

REGIE:
Stopp!

ROMEO:
Zu. Mir. Drängt. *Ich mach das viel besser als der Walter. Nicht so viel Herumgefuchtel.*

REGIE:
Super, Peter. Aber ohne Regina hat das keinen Zweck. Wir proben etwas anderes. Dritter Akt, zweite Szene, Julia!

ROMEO:
Hey! Und. Noch mir. Fremd. Ist????

JULIA *tritt auf.*
Hinab du flammenhufiges …

ROMEO:
HEY! Ich bin der Hauptdarsteller!

JULIA:
Und ich die Hauptdarstellerin.
(Schupft ihn zur Seite.)
Du flammenhufiges Gespann …

ROMEO:
Angelika, ich bin jetzt Romeo, ich muss das proben!

BÄUERIN CAPULET *aus dem Hintergrund:*
Du bist ja schlimmer als der Walter!

AMME *aus dem Hintergrund:*
Und der war schon schlimm genug!

BÄUERIN CAPULET:
Hätt ich mal nicht …

ROMEO:
Ich bin viel besser als der Walter.
(Fuchtelt mit den Händen.)
Kein Herumgefuchtel!

REGIE:
Besser oder schlimmer, das ist hier nicht die Frage. Wir sind auf dich angewiesen.

BÄUERIN CAPULET:
Können wir die Rolle nicht ein bisserl verkleinern?

REGIE *merkt auf:*
Das ist eine hervorragende Idee. Meint ihr, Romeo müsste überhaupt etwas sagen?

JULIA:
Es reicht ja eigentlich, wenn er mich verliebt anschaut. Den Rest könnte ich dann als Monolog gestalten.

BÄUERIN CAPULET:
Männer reden ohnehin nicht so viel.

AMME:
Wortkarge Helden. Das sind die beliebtesten.

MERCUTIO:
Wir könnten Romeo auch sterben lassen. Dann könnte der Mercutio die Valeria, ich mein Julia …

ROMEO *schreit:*
Ich sag das alles meiner Frau! Die streicht euch dann das ganze Geld, und es wird nichts mit dem Stück!

JULIA *verschränkt die Arme vor der Brust.*
…

AMME *presst die Lippen zusammen.*
…

BÄUERIN CAPULET *schnauft.*
…

REGIE *räuspert sich:*
Dann proben wir jetzt Romeo und Lorenzo, dritter Akt, dritte Szene. Lorenzo? Lorenzo!

LORENZO *hetzt auf die Bühne.*
Ah, da bin ich ja genau rechtzeitig!

Als Beate nach Hause kam, stand Peter wieder auf dem Wohnzimmertisch. »*Mein Name sei Romeo*!«, rief er aus, als er sie sah.

»Ich glaube, das ist ein anderes Stück«, sagte Beate.

Peter winkte ab, sprang vom Tisch und baute sich vor ihr auf. »Es gab einen weiteren Todesfall! Diesmal hat's Walter erwischt!«

»Es ist so grauenhaft«, stöhnte Beate und ließ sich auf die Couch fallen. »Auf diesem ganzen Theater lastet ein Fluch.«

»Es ist fantastisch«, strahlte Peter. »Denn rate, wer jetzt den Romeo spielt?«

»Die Regisseurin? Die kann sicher den Text.«

Ihr Mann rümpfte die Nase. »Ich bitte dich, eine Frau?«

Beate zuckte mit den Schultern. Es hatte schon Frauen in ganz anderen Positionen gegeben. »Ich bin Bürgermeisterin.« Aber eine ziemlich vergessliche. Sie hatte Schmiedemeier immer noch nicht nach der Wahlprognose bezüglich einer Scheidung gefragt. Andererseits: Wenn sie nur mehr ein paar Wochen durchhielt, waren die Wählerstimmen ohnehin egal.

»Ich bin Romeo.«

»Was?«

»Ist das so schwer zu glauben?« Er stemmte die Arme in die Hüften.

Wenn sie ehrlich war, ja.

»Romeo ist adelig. Da muss ich nicht einmal schauspielern, das liegt mir im Blut«, erklärte er.

Beate nickte zweifelnd.

»Blut, verstehst du? Adelig, blaues Blut, das sagt man doch so. Hahahaha.«

Ihr Lächeln geriet etwas zwanghaft. Wo hatte sie nur den Rotwein?

»Die Valeria wird jetzt auch keine Probleme mehr haben, sich zu verlieben.« Selbstzufrieden verschränkte er die Arme vor der Brust.

»Valeria? Sich verlieben? In dich?« Eher lief Franziska zum Team Kevin Eisinger über. Ein Maderl, das sich noch weniger für die vielen Verehrer interessierte, die ihr nachliefen, war ihr noch nie untergekommen.

»Oh, entschuldige, Schatz, ich weiß, dass dich das beunruhigt.« Er lächelte nachsichtig. »Ich meinte freilich nur als Julia.«

Beate verstand kein Wort, und um ehrlich zu sein, war es ihr auch egal. Sie holte die Flasche Rotwein und setzte sich aufs Sofa. »Tut mir leid, es war ein harter Tag«, erklärte sie.

Peter rückte neben sie und tätschelte ihren Arm. »Nicht jeder kann so auf der Erfolgswelle reiten wie ich.«

»Genau.« Vielleicht konnte sie sich auch einen Grappa gönnen. »Ich muss etwas mit dir besprechen.« Sie holte Luft. »Kannst du dir vorstellen, dass Walter ermordet wurde?«

»Wie kommst du denn darauf?«

»Ich hatte ein sehr seltsames Gespräch mit Marisella Kleinschmidt. Sie schien ein Problem mit Walter zu haben und da dachte ich …«

»Der ist alles zuzutrauen! Die ist ja auch Fleischerin.«

Den Eindruck hatte Beate auch. Unbehaglich rutschte sie auf der Couch hin und her. »Um was ich dich jetzt bitten wollte …« Ob Peter der Richtige war für diese Aufgabe? An manchen Tagen schaffte er es nicht, zwei zusammenpassende Socken anzuziehen. »Könntest du ein bisserl aufmerksam sein bei den Proben?«

Er nickte wissend. »Ich werde deine Augen und deine Ohren sein.«

»So ähnlich.«

»Marisella Kleinschmidts letztes Stündlein hat geschlagen.« Er ballte die rechte Hand zur Faust.

Beate stand auf, um den Grappa zu holen. Und ein großes Glas.

*

Valeria zog sich ihre Sommerjacke über und trat aus dem Krankenhaus. Sie atmete tief ein. Spätdienst war besser als Nachtdienst, trotzdem war ihr Frühdienst lieber. Es war so schade, erst im Dunkeln aufhören zu können.

Sie holte ihr Smartphone aus der Handtasche und schaltete es ein. Sieben verpasste Anrufe, 28 WhatsApp-Nachrichten, fünf SMS. Immerhin hatte Spätdienst den Vorteil, dass sie alle Versuche, sie zum Abendessen oder auf einen Drink einzuladen, abwimmeln konnte.

Valeria seufzte, steckte das Handy zurück in die Tasche und machte sich auf den Heimweg. Es war nicht weit und in der lauen Sommerluft war ein Abendspaziergang wirklich nett, auch wenn sie den ganzen Tag auf den Beinen gewesen war.

Die Bäume und Laternenpfähle am Straßenrand waren mit Wahlplakaten zugepflastert. Von überall grinste sie ein zahnloser Kevin Eisinger an, Beate Brandtner zeigte weniger Präsenz.

Als sie um die nächste Ecke bog, läutete ihr Handy. Manuel. Eh klar. Sie ließ das Smartphone zurück in ihre Tasche gleiten und hörte auf einmal ein Rascheln in dem Busch neben ihr.

»Ist da wer?« Vorsichtig zog sie die Zweige auseinander, vielleicht hatte sich ein Igelchen verlaufen oder ein Kätzchen brauchte Hilfe.

Stattdessen blickte sie in das runde, ihr tausendfach bekannte Gesicht Kevin Eisingers.

»Ach, Valeria, du bist das. Ich … warte hier nur. Auf den Bus.« Er wischte sich die Hände an den Hosenbeinen ab und lachte nervös. »Da könnte ich einen Heizpilz gut gebrauchen, was?«

Verwirrt trat Valeria zwei Schritte zurück, um den Jungpolitiker aus dem Busch herauskriechen zu lassen. Nachdem er sich wieder aufgerichtet hatte, rückte er sein zerknittertes Sakko zurecht und fuhr sich durch die zerstrubbelten Haare.

Valeria blinzelte, dann folgte sie mit dem Blick seinen Augen, die für einen Moment nach oben huschten. An einer Straßenlaterne direkt über dem Busch hing in beträchtlicher Höhe ein Plakat von Beate Brandtner. Ihr Porträt zierte halbseitig ein blauer Schnurrbart, die andere Hälfte verlor sich in einer zittrigen Linie nach unten.

»Ich glaube, du hast da deinen Stift verloren.« Valeria deutete auf den Füllfederhalter, der in den Rinnstein gekullert war.

»Das ist nicht meiner.«

»Da steht aber Kevin Eisinger eingraviert.«

»Muss ein Fan geordert haben.«

Valeria hob den Stift auf. »Sieht teuer aus.«

Kevin Eisinger verzog schmerzhaft das Gesicht.

»Du willst ihn wirklich nicht zurück?« Valeria hielt ihm den Füller hin.

»Nicht meiner«, presste er zwischen zusammengebissenen Zähnen hervor.

Valeria nickte. »Ich bringe ihn zum Fundbüro. Dort kannst du … kann der Eigentümer ihn ja dann abholen.«

»Das ist sehr selbstlos von dir. Ich wusste gleich, dass

du eine bemerkenswerte Frau bist.« Jetzt lächelte er wieder. Beim Zahnarzt war er offenbar noch nicht gewesen.

»Du hast da …« Valeria zupfte ihm ein Blatt aus seiner Frisur, wurde jedoch durch einen Schrei unterbrochen.

»Ist das dein Neuer? Bist du ihr Neuer? He, Arschloch! Ich rede mit dir!« Die Faust erhoben, lief Manuel auf Kevin Eisinger zu.

Valeria stellte sich ihm in den Weg. »Das ist nicht mein Neuer. Das ist Kevin Eisinger.«

»Ich weiß, wer du bist. Deine Visage hängt in ganz Lendnitz.« Er hielt für einen Augenblick inne. »Oh, und ich dachte, die Zahnlücke wäre nur ein Lausbubenstreich und mit Edding auf die Plakate gemalt worden.« Dann zog er wieder die Augenbrauen zusammen und schob den Unterkiefer vor. »Bildest dir wohl ein, du wärst was Besseres, ja? Der Herr Politiker, der feine Herr, will mir meine Freundin ausspannen.«

»Ich bin nicht deine Freundin.«

»Sie ist nicht deine Freundin.«

»Deine aber auch nicht!«, schrie Manuel.

»Das ist richtig.«

»Ich mach dich fertig, du Sausack!«

»Schurke«, korrigierte Valeria automatisch. »Und ich geh jetzt nach Hause. Mit euren Streitereien hab ich nichts zu tun. Die könnt ihr ohne mich klären.«

»Ich kämpfe um meine Frau«, rief Manuel und streckte die Brust heraus. Dabei kam er dicht an Valeria heran.

»Ich bin nicht …«, begann Valeria, wurde jedoch von Kevin unterbrochen, der sich seinerseits breitbeinig hinstellte und die Ärmel hochkrempelte.

»Glaubst du, ich gebe sie kampflos auf? Da hast du dich aber geschnitten, du Vollkoffer!«

»Ich bin auch nicht …«, begann Valeria, überlegte es sich dann aber anders. »Ach, macht doch, was ihr wollt.« Sie warf die Arme in die Luft und trat einen Schritt zur Seite, sodass sich die beiden Streithähne nun genau gegenüberstanden.

»Ich mach dich fertig!«, schrie Manuel.

»Ha, ich mach *dich* fertig!«, erwiderte Kevin.

»Ich geh nach Hause, Julias Verliebtsein üben«, sagte Valeria und drehte sich um. Im Gehen konnte sie noch gerade eben aus dem Augenwinkel sehen, wie Manuel Kevin vors Schienbein trat.

Nun gute Nacht!
So süß ist Trennungswehe

(2. Aufzug, 2. Szene)

Gleich eins. Beate blickte von ihren Papieren auf und überlegte sich, Franziska zu einer Mittagspause beim Italiener um die Ecke zu überreden. Nur musste sie vorher noch schnell Chefinspektor Wilkinson loswerden, der da vor ihrem Schreibtisch stand und auf seinen Fußballen auf und ab wippte. Seinen Assistenten, den jungen Huber hatte er ausnahmsweise mitgebracht.

»Ich dachte an einen Maskenball«, sagte Wilkinson und blickte aus dem Fenster. »Das hat den richtigen mystischen Touch, das wird unseren Kärntner Ball an die Spitze katapultieren.«

»Typisch Kärntnerisch?« Beate zog die Augenbrauen hoch, und Franziska fragte: »Wollen Sie Masken mit Pleamle-Muster ausgeben?«

Huber verzog den Mund, während sein Chef Franziska ignorierte.

»Man könnte es ganz romantisch aufziehen, mit einer großen Enthüllung um Mitternacht«, führte er weiter aus.

»Inspektor Wilkinson«, das ›Chef‹ brachte Beate nicht über die Lippen. Sie versuchte, so ruhig wie möglich zu sprechen. »Sie haben einen Doppel- und Dreifachmord an den Hacken, in Lendnitz läuft ein Serienmörder frei herum, und Sie haben nichts Besseres zu tun, als einen Ball zu planen?« Sie hätte den Kerl schütteln können!

»Der Fall ist längst gelöst, wir haben keinen Fall mehr.«

»Sie haben den Mörder gefasst?« Beate sah zu dem jungen Huber, der vehement den Kopf schüttelte.

»Kinderspiel.« Wilkinson winkte ab. »Der Schuldige ist tot. Einem Herzanfall erlegen.«

Huber befeuchtete seinen Zeigefinger mit der Zunge und blätterte in seinem Notizbuch. »Wir können nicht mit Sicherheit sagen, dass …«

»Alles Routine«, unterbrach Wilkinson ihn. Er legte den Kopf schräg. »Aber wo sind eigentlich Hannes und Stadler? Die sollen sich schon mal nach geeigneter Deko umsehen. Und meine Liste! Die 100 wichtigsten Persönlichkeiten, die wir unbedingt nach Lendnitz holen müssen. Sagen Sie, Frau Bürgermeisterin, wie geht der Bau des Hotels voran? Wir können den Wiener Politikern unmöglich unsere kleinen Pensionen zum Übernachten zumuten.«

»Bau des Hotels?« Beate sah zu Franziska, die sich hinter Wilkinsons Rücken an die Stirn tippte.

»Wird gleich nach der Installation der Heizpilze in Angriff genommen«, sagte Beate. Priorität 3.245.

»Gut, gut.« Wilkinson, der offenbar kein Kenner von Sarkasmus war, schlug beide Hände zusammen und nickte knapp. »Frau Bürgermeisterin, Polizeiarbeit ist zu 95 Prozent das richtige Auftreten. Vermarktung ist alles!«

»Dann lösen sich die Verbrechen von allein?«

Wilkinson hob den Zeigefinger. »Dann entstehen gar nicht erst Verbrechen.«

Langsam verlor Beate die Geduld. »Nun haben wir aber jetzt offenbar einen Serienmörder in Lendnitz. Für Prävention ist es etwas zu spät.«

»Hören Sie doch nicht auf dieses Gerede. Es gibt weder einen Serienmörder noch andere Verbrechen in unserer beschaulichen Gemeinde. Wenn man von den Schauspielkünsten einiger unserer Bauernburschen mal absieht.« Er lachte herzhaft.

»Chefinspektor Reichel sagt immer, das Wichtigste ist ein analytischer Verstand.« Huber klopfte sich mit dem Kugelschreiber an die Schläfe. »Nur so kann man sich in die Psyche eines Verbrechers hineinversetzen.«

Beate hob die Augenbrauen. So sehr sie sich den alten Reichel zurückwünschte, aber an Anzeichen eines analytischen Verstandes beim ehemaligen Chefinspektor konnte sie sich beim besten Willen nicht erinnern. Sie hatte da eher die Begriffe ›wilde Theorien‹ und ›mit Dynamit Fischen‹ im Kopf.

»Ist Walter Kirschner obduziert worden?«, fragte sie. Sie musste sichergehen, dass nichts übersehen wurde. Dass ihre paranoide Idee, Marisella Kleinschmidt könnte eine Mörderin sein, nur genau das war: eine paranoide Idee.

»Wozu Geld für die Rechtsmedizin ausgeben, das wir in unseren Ball investieren könnten?«

»Sehr richtig«, warf in diesem Augenblick Schmiedemeier ein, der sich mit seinem Aktenkoffer zwischen Wilkinson und seinem Assistenten hindurch zu Beates Schreibtisch drängte.

Der hatte gerade noch gefehlt.

»Schlafende Hunde soll man nicht wecken.«

»›Lendnitzer Bürgermeisterin sorgt für Aufklärung eines Serienmords‹ – wäre das nicht eine gute Schlagzeile für unseren Wahlkampf?«, fragte Franziska.

Während Schmiedemeier nach einer Antwort suchte und Beate sich unfreiwillig vorstellen musste, wie sie in Warnweste und Bauhelm auf Verbrecherjagd ging, nickte der junge Huber vehement. »Wenn Sie gestatten, rufe ich gleich in der Rechtsmedizin an.« Er zückte sein Handy und verließ mit einem breiten Grinsen Beates Büro.

Mit einem Stirnrunzeln sah Wilkinson ihm hinterher. Dann schlug er wieder beide Hände zusammen und verabschiedete sich. »Die Pflicht ruft, Sie verstehen!«

Beate verstand. Jetzt musste sie nur noch Schmiedemeier loswerden, der neue Broschüren zückte. »Wir könnten eine CD aufnehmen, irgendein Volkslied, Sie wissen schon.«

»Pfiat Gott, liabe Alm?«

Schmiedemeier nickte. »Beim ehemaligen Landeshauptmann hat das auch wunderbar funktioniert. Die Leute werden Sie lieben, und nebenbei spült der CD-Verkauf noch Geld in die leeren Kassen.«

»Kommen wir auf Ihre Idee zurück, Franziska. Als Bürgermeisterin sorge ich für reibungslose Polizeiarbeit und die Aufklärung eines Serienmordes.«

Ihre Sekretärin hob den Kopf. »Damit fangen wir gleich an, mit der Aufklärung des Mordes. Schmiedemeier, heute essen wir eine Leberkassemmel in der Fleischerei zu Mittag.«

Beate nickte. Die Kleinschmidt mussten sie unbedingt näher unter die Lupe nehmen. Sie stand auf, doch bevor sie sich auf den Weg machen konnten, streckte der junge Huber noch einmal den Kopf durch die Tür. »Frau Bürgermeisterin, wie war ich?«

»Was?« Sie runzelte die Stirn.

Er strahlte sie an. »Dezent, oder? Finden Sie nicht, dass ich dezent war?«

»Äußerst.« Sie hatte zwar keine Ahnung, wovon der junge Mann sprach, aber er war ihr weitaus lieber als Wilkinson.

»Fingerspitzengefühl, hat der Chef gesagt. Samthandschuhe, hat er gesagt. Frau Bürgermeisterin, Sie können sich auf mich verlassen.« Er salutierte und verschwand.

Beate blickte ihm verwirrt hinterher.

Generalprobe: Mittwoch, 26. August

III. AKT – 5. SZENE

Juliens Zimmer. Romeo und Julia.

JULIA:
Willst du schon gehen? Der Tag ist ja noch fern. Es war …

ROMEO *unterbricht:*
Die Nachtigall und nicht die Lerche. *Das kennt ja nun wirklich jeder.*

JULIA *wirft ihm einen irritierten Blick zu:*
Die eben jetzt dein banges Ohr durchdrang.

ROMEO:
Kann man das nicht ändern?

JULIA *lauter:*
Sie singt des Nachts auf dem Marillenbaum dort. Glaub, Schatzerl, mir: Es war die Nachtigall!

ROMEO:
Die Leute wollen doch was Neues hören!

REGIE *schreit:*
Wir sind in der Generalprobe! Wir ändern jetzt überhaupt nichts mehr!

ROMEO *leise:*
Huch, nicht gleich beleidigt sein.
(Lauter.)
Dann mach eben weiter mit deiner Nachtigall.

BÄUERIN CAPULET:
Du bist dran, du Tocker! Da würd man sich echt wünschen, man hätt dich nach dem Walter auch erledigt!

ROMEO:
Sag das noch mal.
(Zückt sein Smartphone.)
Das nehm ich auf für meine Frau. Die interessiert sich sowieso schon sehr für dich.

BÄUERIN CAPULET *stutzt:*
Ah ja?
(Lächelt.)
Die Frau Bürgermeisterin nimmt ihre Wählerinnen eben ernst.

JULIA:
Angelika, ich zuck gleich aus.

REGIE:
Peter, bitte, der Romeo ist dran!

ROMEO:
Dann habt ihr da halt euren ausgelutschten Schmarrn. Die. Lerche. War. … Es die Tageverkünderin. Nicht. Philomele sieh. Den neid'schen. Streif. Der. Dort. Im. … Ost. Der Frühe Wolken. Säumt.

JULIA *leise vor sich hinmurmelnd:*
Wir haben keine Alternative. Wir haben keine Alternative. Wir haben keine …

ROMEO:
DIE. Nacht. Hat. Ihre. Kerzen aus. Gebrannt.

AMME:
Haben wir wirklich keine Alternative? Angelika, kann Peter nicht wieder der Diener sein? Und du den Romeo spielen? Du kannst doch den Text!

ROMEO:
Fall mir nicht in den Rücken, Anna! Sonst sag ich meiner Frau, dass DU es warst.
(Sieht sie drohend an.)
Und nicht die Marisella.

AMME *verwirrt:*
Dass ich was war? Angelika, bitte!

REGIE *seufzt:*
Ich glaube nicht, dass das Publikum einen Hosenrollen-Romeo sehen will.

TYBALT:
Ich bin auch eine Hosenrolle!

REGIE:
Aber du bist nicht der männliche Hauptdarsteller, der Valeria, ich meine Julia, küssen darf! Und, oh wie gern …

(Räuspert sich.)
Wie gern würde ich euch aushelfen. Aber …

JULIA:
Oh, bitte! Kurze Haare hast du ohnehin! Wir können dir sonst auch Reginas Perücke geben. Die hat eh drei.

BÄUERIN CAPULET:
Du bekommst auch Leberkassemmeln auf Lebenszeit! Oder ich brat dem Peter eine. Eine ganz spezielle …
(Kneift die Augen zusammen.)

ROMEO *wedelt mit seinem Smartphone in der Hand herum:*
Das hab ich aufgenommen!

REGIE:
Nein. So leid es mir tut, aber nein. Solange wir einen männlichen Hauptdarsteller haben, der den Text kann, bleibe ich in der Regie.

BÄUERIN CAPULET:
Das ließe sich ja möglicherweise …

ROMEO:
Ich fand immer schon, dass du die vernünftigere Regisseurin warst, Angelika. Im Vergleich zum Gerhard.

ANSAGER *hetzt auf die Bühne:*
Bin ich schon dran?

Kein Glaube, keine Treu' noch Redlichkeit

(3. Aufzug, 2. Szene)

»Chef! Chef!« Huber winkte aufgeregt vom Gartenzaun. »Die Obduktionsergebnisse sind da!«

Reichel stand für seinen protestierenden Rücken etwas zu schnell auf.

»Es war Zyanid!«, rief Huber. »Die Rechtsmediziner sagen, es ist eindeutig, sie brauchten ihn nicht einmal aufzuschneiden. Das haben sie natürlich trotzdem getan«, fügte er hinzu. »Gegessen hatte er nur zwei Leberkassemmeln, möglicherweise war das Gift dort drin versteckt.«

»Walter Kirschner ermordet.« Reichel streifte seine Handschuhe ab.

»Sind das nicht großartige Neuigkeiten? Jetzt haben wir trotzdem einen Dreifachmord! Die Putzfrau ist nämlich leider aus dem Koma wieder aufgewacht. Die können wir jetzt nicht mehr mitzählen.«

»Leider.« Reichel sah seinen Assistenten an. Manchmal war Huber ihm unheimlich. »Hat sie eine Zeugenaussage gemacht?«

»Ich habe sie sofort befragt. Aber zur Aufklärung des Falls konnte sie überhaupt nichts beitragen.« Der junge Mann zog irritiert die Augenbrauen zusammen. »Sie hat nichts gesehen, nichts gehört, nur einen Schluck Whiskey getrunken und dann wurde ihr schwindlig.«

»Also verfolgen wir die Spur unseres neuen Mordes

weiter. Ich hatte eh gleich das Gefühl, dass die Lösung mit Walter Kirschner als Mörder, der einem Herzanfall erlegen ist, zu naheliegend war.«

»Manchmal ist es auch das Naheliegende«, wiederholte sein Assistent eine alte Polizistenweisheit.

Reichel seufzte. »War es in einem unserer Fälle je das Naheliegende? Eben. Nein, Huber, wir müssen uns der unbequemen Wahrheit stellen: Das waren politische Morde. Die Möglichkeit, dass Walter Kirschner dennoch der Mörder von Gerhard Seiler und Martin Riedl war, besteht allerdings immer noch. Er könnte im Auftrag Dritter gehandelt haben.«

»Die ihn dann nach getaner Tat selbst beseitigten«, ergänzte Huber. »Wer weiß, welcher Filz dahintersteckt.«

»Das kann bis ganz nach oben gehen. Vielleicht hat irgendein Parteigenosse in Wien ...«

»Eine Verschwörung!« Hubers ganzes Gesicht leuchtete auf, dann wurde seine Miene entschlossen. »Und die Polizei hängt mit drin.«

»Wilkinson.« Reichel seufzte.

»Er trifft sich oft mit Kevin Eisinger.«

»Deshalb auch sein Desinteresse an den Ermittlungen. Seine Ablenkungsmanöver mit Polizeiball und Umbau. Sein Versuch, den Mord an Walter Kirschner zu vertuschen.«

*

Als Beate heimkam, herrschte Stille.

»Peter?«

Vielleicht hatte er Probe. Sie erinnerte sich zwar nicht daran, dass Franziska etwas in der Richtung erwähnt hatte, aber oft wusste Peter seine Termine selbst nicht. Und mit der Aufführung morgen und den ganzen Umbesetzungen hatten sie möglicherweise auch Notfall-Proben eingelegt. Nötig wären diese, wenn sie da an seine Couchtisch-Auftritte dachte.

In der Küche fand sie sein Handy mit der Notiz: ›Spiel das zweite Hörbeispiel ab.‹

Beate drückte auf den Knopf und konnte eine schlechte Aufnahme von ›Looking for Freedom‹ hören. Sie zuckte mit den Schultern und ging an den Kühlschrank, an dem ein weiterer Zettel hing: ›Bin unterwegs. Wichtige Prestige-Mission‹.

Oh Gott. Hoffentlich hatte das nichts mit ihr zu tun.

Sie öffnete die Kühlschranktür, entschied sich für Kasnocken zum Abendessen und begann zu kochen.

Gerade als sie den Käse über die Nocken rieb, hörte sie den Schlüssel im Schloss.

»Schatz! Ich bin daheim!« Ihr Mann polterte durch den Flur in die Küche und gab ihr einen Kuss auf die Wange, sodass sie seine Fahne nur zu deutlich riechen konnte.

»Rate, wo ich war.« Er ließ sich auf einen Sessel fallen und grinste sie an.

»Auf einer wichtigen Prestige-Mission.« Beate stellte den Herd klein und deckte den Tisch.

»Auf einer *äußerst* wichtigen Prestige-Mission.« Peter griff nach seiner Gabel. Während sie die Kasnocken servierte, ergänzte er: »Ich wette, es wird Auswirkungen auch auf dich haben!«

»Worum geht es denn?«

Peter lächelte sie mit vollem Mund geheimnisvoll an. Langsam setzte sie sich und nahm einen kleinen Bissen. Dann legte sie die Gabel wieder hin. »Mischst du dich in meinen Wahlkampf ein?«

Er lächelte weiter.

Sie musste es anders probieren. Aber wie ihn aus der Reserve locken? Mit einer Vermutung? So unbeteiligt wie möglich sagte sie: »Ich finde es ja schön, dass du dir neue Hobbys suchst.«

Er schnaubte. »Hobbys! So ein Polizeiball ist harte Arbeit!«

»Polizeiball?« Alarmiert sah Beate ihren Mann an, der die Schultern straffte und einen unsichtbaren Flusen vom Hemd strich.

»Chefinspektor Wilkinson ist an mich herangetreten. Er hätte gern meine Expertise und Erfahrung.«

»Deine …«

»Wenn der Polizeiball so erfolgreich werden soll wie die Redoute, müssen wir natürlich die oberen Zehntausend einladen. Dafür braucht es aber jemanden, der mit der Etikette der High Society vertraut ist.«

»Aber …«

»Kevin Eisinger ist zwar ein engagierter kleiner Kerl, aber Einfluss fehlt ihm völlig. Von der Abstammung ganz zu schweigen.«

Wo Peters Einfluss liegen sollte, war ihr nicht ganz klar. Er konnte nicht einmal der Putzfrau vernünftige Anweisungen erteilen.

»Der macht übrigens auch mit«, fügte er hinzu, »Chefinspektor Wilkinson, der Politiker Kevin Eisinger und Peter von Brandtner. Ein starkes Team. Das wird der größte Ball, den Kärnten je gesehen hat.«

»Ich hoffe, ihr habt an Sponsoren gedacht.« Der Lendnitzer Etat gab nicht einmal genug her für den kleinsten Ball, den Kärnten je gesehen hatte.

Er machte eine wegwerfende Handbewegung. »Wenn

die Gästeliste steht, kommen die Sponsoren von selbst. Das Wichtigste, mein Schatz, ist Auftreten. Beeindrucken durch Stil und Eleganz, dann liegt dir die Welt zu Füßen.«

Sie sah ihren etwas zu kurz und etwas zu dick geratenen Mann an, der grundsätzlich blau karierte Hemden und braune Cordhosen trug.

»Du könntest dir da eine Scheibe von mir abschneiden«, sprach er weiter. »Immer diese langweiligen Kostüme.« Er rümpfte die Nase.

»Ich bin Politikerin. Ich muss nicht durch Eleganz überzeugen, sondern durch Entschlossenheit.« Und Wahlversprechen, die sie umsetzte. Sie rückte den Kragen ihrer Bluse zurecht. »Wie ist euer Triumvirat überhaupt zustande gekommen?«

»Chefinspektor Wilkinson als Initiator des Balls hat Kevin Eisinger angesprochen, weil er die Verbindungen in der Politik hat, und auch den *Drive*, wie die jungen Leute sagen, da er schließlich mitten im Wahlkampf steckt.«

»Im Wahlkampf gegen deine Frau.« Beate spießte ihre Nocken heftiger auf als notwendig.

»Es fehlte also noch jemand aus der Oberschicht. Und da ich nicht nur adelig bin, sondern auch ein wichtiger Bestandteil der örtlichen Kunst- und Kulturszene«, er machte eine Pause und wartete vergebens auf eine Reaktion von Beate, »brauchen sie mich dringend als dritten Geschäftspartner.«

»Wichtiger Bestandteil der örtlichen Kunst- und Kulturszene«, wiederholte sie.

Er hob die Schultern. »Hauptdarsteller. Wichtiger geht es kaum.«

Sie sah ihn an. »Walter Kirschners Tod war ja ein richtiger Glücksfall für dich.«

Peter lächelte.

*

Valeria saß wieder einmal im Café Centrale, einen Aperol Sprizz vor sich, nur ausnahmsweise war ihre Begleitung tatsächlich äußerst angenehm: Keinen Kussversuch und nicht einmal eine Bemerkung über ihre Brüste hatte es bisher gegeben.

»Lendnitz ist zwar nicht Wien«, sagte Angelika gerade, »eigentlich ist es nicht einmal Klagenfurt, aber es hat seine Vorzüge.« Sie zwinkerte Valeria zu.

Die zog die Nase kraus. »In Klagenfurt und Wien gibt's noch mehr Männer. Ja, ich denke, da reicht mir tatsächlich Lendnitz.«

»Manuel macht dir Stress?« Angelika zog mitleidig die Augenbrauen zusammen. »Ich hab mitbekommen, dass er ein bisschen … aufdringlich sein kann.«

»Manuel, Kevin Eisinger, die sind doch alle deppert, die Burschen.«

»Die sind schon ziemlich eifersüchtig, oder?«, fragte Angelika vorsichtig.

»Die zwei haben sich meinetwegen geprügelt.« Aber dass sie das nicht einmal wollte, das hatte keiner der beiden bemerkt. Typisch.

»Oh, das ist Leidenschaft, das ist Temperament!« Angelika lachte. »Welchen ihrer heißblütigen Verehrer wird die schöne Valeria erhören?«

Das konnte sie ihr sagen: gar keinen. Nicht Manuel, nicht Kevin, nicht den Post-Praktikanten und ganz sicher auch keinen anderen der circa 1.450 Verehrer in Lendnitz. »Vielleicht ist eine größere Stadt ja tatsächlich nicht schlecht«, überlegte sie. »In Wien gibt es sicher eine ganze Menge anderer schöner Frauen.«

»Freilich.« Angelika streckte ihre Beine unter dem Tisch aus. Ihr Fuß berührte versehentlich Valerias Bein. »Aber keine, die so talentiert ist wie du.«

Freundinnen berührten sich oft. Freundinnen hielten sogar Händchen oder küssten sich. Valeria sah Angelika an, lächelte und ließ ihr Bein, wo es war. Bevor sie jedoch etwas erwidern konnte, klingelte Angelikas Handy.

»Hallo?« Angelika hörte einen Augenblick zu, dann setzte sie sich aufrecht hin. »Äh, ja.« Sie stotterte weiter herum und nannte ihrem Gesprächspartner noch einmal ihren vollen Namen.

Valeria beobachtete interessiert, wie ihr Lächeln immer breiter wurde, je länger sie der Person am anderen Ende der Leitung zuhörte. Sie rührte in ihrem Aperol. Da bemühte sich jeder der Burschen so arg um sie, dabei hatte sie sogar mehr Spaß, wenn Angelika in ihrer Gesellschaft mit jemand anderem sprach. Valeria besah sich ihr Getränk, dann leckte sie ein rotes Aperol-Tröpfchen vom Glasrand und fuhr sich mit der Zunge langsam über die Oberlippe. Als sie aufblickte, stotterte Angelika mit hochrotem Kopf: »Nein, nein, entschuldigen Sie, ich war nur kurz abgelenkt.«

Schließlich verabschiedete Angelika sich, stammelte noch »Das ist wunderbar, danke schön!« und nahm das Handy vom Ohr. Als sie es zurück in ihre Tasche steckte, strahlte sie über das ganze Gesicht.

»Gute Neuigkeiten?«

»Der Wahnsinn! Ich kriege mein erstes eigenes Stück!«

»›Romeo und Julia im Jauntal‹ ist dein erstes eigenes Stück.«

»Nein, nein, viel besser, ich darf von Anfang an Regie führen. Es ist in Wien, ab Oktober. Ein kleines Off-Theater, für das ich schon einmal während des Studiums ….« Sie fächelte sich Luft zu. »Du liebe Zeit, mein zweites Stück überhaupt und ich bin gleich von der Assistentin zur Regisseurin aufgestiegen.«

Valeria lächelte, auch wenn es ihr einen kleinen Stich gab, dass Angelika es offenbar kaum erwarten konnte, von hier wegzukommen. »Dann hatte Gerhards Tod ja doch sein Gutes.«

Romeo und Julia
im Jauntal

Ein Kärntner Trauerspiel
von Gerhard Seiler †

Mit Darstellern der Lendnitzer Bauernburschen

Premiere: Donnerstag, 27. August 2015
20 Uhr
Alte Scheune Eisner
Feldweg 3

Abendkasse: 9,00 Euro

Beate blickte lange auf das Plakat. »Ist doch gut so«, sagte sie schließlich. »Wieso sind wir da nicht eher drauf gekommen?«

»Die hohe Sterberate war in meinen Kalkulationen nicht einberechnet.«

»Richtig.« Beate nickte. »Aber jetzt sind wir für alle Eventualitäten gerüstet. Dass die Karten zwei Euro teurer sind, fällt sicher niemandem auf.«

»Die alten Poster hingen ja nur kurz.«

»Unsere Haushaltskasse kann das Schmerzensgeld gebrauchen.«

Franziska rollte das Plakat wieder zusammen.

»Die Praktikanten sollen es gleich heute noch aufhängen«, sagte Beate. Dann war das endlich erledigt.

»Die Praktikantin. Der Praktikant ist immer noch bei der Post.«

»Vielleicht kann Marisella Kleinschmidt ihr unter die Arme greifen und ihre Federboas ausführen.«

Franziska tippte etwas in ihr Handy. »Ihr Mann lässt fragen, was wir in Bezug auf virales Marketing zu tun gedenken.«

Virales Marketing? Seit wann kannte Peter solche Begriffe? Ihre Gedanken mussten in ihrem Gesicht gut lesbar sein, denn Franziska erklärte: »Ich habe ihn gestern mit Kevin Eisinger zu Mittag essen sehen.«

»War Wilkinson auch dabei?«

Franziska legte den Kopf schräg. »Sabotiert Ihr eigener Ehemann Ihren Wahlkampf?«

Beate seufzte. »Er war noch nie auf dem Opernball, das zipft ihn an. Und von Demokratie hält er nichts.« Sie rieb sich die Stirn. »Wieso habe ich ihn eigentlich geheiratet?«

»Vielleicht hatten Sie Mitleid?«

Beate fiel wieder ein, dass sie Schmiedemeier nach einer Scheidung fragen wollte. Dann konnte Peter seine Arbeit mit Kevin Eisinger gern weiter ausbauen.

Franziskas Handy klingelte, und nach wenigen Minuten, in denen sie nur »Okay« und »Danke für die Information« sagte, beendete sie das Gespräch. Sie sah Beate an und fuhr sich mit der Zunge über die Lippen. »Die Obduktionsergebnisse sind da. Der junge Huber wollte sie informieren. Er sagte etwas von Samthandschuhen.«

Beate nickte und Franziska sprach etwas unsicher weiter: »Walter Kirschner ist vergiftet worden. Der Mageninhalt bestand nur aus zwei Leberkassemmeln.«

Beate schloss die Augen. »Oh Gott, Franziska.«

Ihre Sekretärin nickte. »Marisella Kleinschmidt.« Sie riss die Augen auf und hielt sich mit einer Hand den Bauch. »Wir waren zu Mittag bei ihr essen!«

Auch Beate wurde leicht schwummrig zumute. »Hätten wir dann nicht schon längst etwas merken müssen?« Sie schob den Gedanken resolut zur Seite. »Außerdem: Welchen Grund hätte Marisella Kleinschmidt, uns zu ermorden? Sie weiß doch nicht, dass wir ihr auf der Spur sind.« Die kurze Jause bei ihr hatte kein Ergebnis gebracht, die Fleischergattin hatte sie nur freundlich begrüßt, ihnen die Leberkassemmeln gereicht und sich dann die nächsten 20 Minuten mit anderen Kunden beschäftigt.

Franziska zuckte zweifelnd mit den Schultern.

»Ist die Polizei ihr denn schon auf der Spur?«, fragte Beate.

»Huber hat berichtet, dass sie die Schauspieler als Tatverdächtige ausschließen.«

»So ungern ich es sage, Franziska, aber …«, Beate holte Luft, »wir müssen Wilkinson alarmieren.«

Der Tod liegt auf ihr, wie ein Maienfrost auf des Gefildes schönster Blume liegt.

(4. Aufzug, 5. Szene)

Valeria knabberte an ihrem Daumennagel, eine ganz schreckliche Angewohnheit, die sie längst hinter sich geglaubt hatte. Auf der Kommode vor ihr, im Umkleideraum der Eisner-Scheune, standen etwa 20 Blumensträuße. Der Postpraktikant hatte jeden einzeln geliefert, und an allen waren Zetterl aufgehängt mit ›Viel Glück‹ oder ›Hals- und Beinbruch‹ und so weiter. Valeria war bestens vorbereitet, Angelika war eine hervorragende Regisseurin und doch … »*Es ist nur Torheit*«, flüsterte sie. »*Aber es ist eine Art von schlimmer Ahnung, die vielleicht ein Weib ängstigen würde.*«

»Ach, Diandle, schau nicht so nervös!« Marisella Kleinschmidt betrat, schon im Kostüm, den Umkleideraum. »Schau mal, ich hab uns Leberkassemmeln mitgebracht. Zur Stärkung vor dem Auftritt.«

Zögerlich besah Valeria sich die Semmeln. Ob sie einen Bissen herunterbekam? Was war nur mit ihr los? Sonst hatte sie doch auch kein solches Gefühl verspürt? Eine Art innerer Unruhe, dass heute noch etwas geschehen würde, etwas Schreckliches.

»Alles in Ordnung bei euch?« Angelika steckte den Kopf zur Tür herein.

»Leberkassemmel?« Marisella schoss ihr entgegen.

»*Ich trotze allen Vorbedeutungen.*« Valeria sah auf. »*Es waltet eine besondere Vorsehung über den Fall eines Sperlings. Geschieht es jetzt, so geschieht es nicht in Zukunft; geschieht es nicht in Zukunft, so geschieht es jetzt; geschieht es jetzt nicht, so geschieht es doch einmal in Zukunft. In Bereitschaft sein ist alles.*« Trotzig den Kopf erhoben stand sie auf.

»Diandle, du denkst zu viel.« Marisella drückte ihr eine der Semmeln in die Hand.

»Bravo, mein wackrer Hamlet.« Angelika lächelte und legte ihr einen Arm um die Schulter. »Dein treuer Freund Horatio steht an deiner Seite.«

»*Da kein Mensch besitzt, was er verlässt, was kommt's darauf an, frühzeitig zu verlassen? Mag's sein!*« Immer noch erhobenen Hauptes würde Valeria dem Schicksal entgegengehen, das sie heute auf der Bühne erwartete. Und mit Angelika neben ihr flößte ihr alles gleich weniger Angst ein.

*

»Chef, Chef!« Huber winkte vom Gartenzaun. Er hielt eine Zeitung in der Hand, die er nun vorsichtig auseinander- und anders wieder zusammenfaltete. Dann hielt er sie Reichel hin.

›Lendnitzer Lokalpolitiker erneut in Schlägerei verwickelt‹, dazu ein dunkles Foto von zwei sich prügelnden Männern. »Kevin Eisinger«, sagte Huber dunkel. »Das Foto wurde der Kleinen Zeitung anonym zugespielt. Aus einer Quelle, die sich nur ›F.‹ nennt, aber angeblich im Rathaus arbeitet.«

»Das ist schon die zweite dokumentierte Schlägerei innerhalb von ein paar Tagen«, brummte Reichel. »Er scheint zu unkontrollierten Wutausbrüchen zu neigen, kann sich nicht im Zaum halten, löst Probleme mit Gewalt.« Er nickte ernst. »Das Psychogramm eines Gewalttäters.«

»Vielleicht erledigt er die Drecksarbeit für diejenigen, die sich die Hände nicht selbst schmutzig machen wollen.«

»Noch keine 30 und schon ein hohes Tier im Gemeinderat«, sagte Reichel. »Da musste doch was faul sein.«

»Wer weiß, unter welchen Bedingungen er seinen Posten bekommen hat. Wie bei den Illuminaten.« Huber zog bedeutungsvoll die Augenbrauen hoch. »Und nun, mit der Unterstützung von Wilkinson sind ihm keine Grenzen gesetzt.«

»Wir müssen ihn näher unter die Lupe nehmen.« Reichel rammte seine Schaufel in die Erde und sah auf die Uhr. »Heute ist doch die Premiere der Lendnitzer Bauernburschen.«

»In einer Stunde geht es los.«

»Huber, wir müssen zu dieser Aufführung.« Reichel zog die Gartenhandschuhe aus. »Wenn unsere Theorie stimmt und Kevin Eisinger dahintersteckt …«, er schauderte, »dann könnte es sein, dass heute noch etwas Großes passiert. Etwas Schlimmes.«

»Eine Bombe!« Huber hatte schon wieder rote Ohren und leuchtende Augen.

»Huber, wir müssen zur Scheune. Wir müssen das Schlimmste verhindern. Lendnitz zählt auf uns.«

*

Mit einem tiefen Seufzer ließ Beate sich neben Franziska in den für sie reservierten Sitz in der ersten Reihe sinken. »Ich mach drei Kreuze, wenn diese Aufführung vorbei ist«, flüsterte sie ihrer Assistentin zu. Was dieses Theater sie an Nerven gekostet hatte! Da war sogar Kevin Eisinger ein Kinderspiel dagegen.

»Frau Bürgermeisterin, ein Foto?«

Sie setzte ein Lächeln auf, der Reporter war von einer überregionalen Zeitung. Franziska hatte ihren ganzen Charme spielen lassen.

Ein Arm legte sich um Beates Schultern, und Beate roch Rasierwasser.

»Die Frau Bürgermeisterin hat hier wirklich was auf die Beine gestellt, nicht wahr? Ich habe ihr immer gesagt, das ist ein tolles Projekt. Wir sehen es als Testballon für unseren geplanten Polizeiball im Dezember an.«

»Wer sind Sie?« Der Reporter blinzelte verwirrt.

»Chefinspektor Wilkinson. Enger Vertrauter der Bürgermeisterin. Aktuell dazu da, ihre ganz persönlichen Vermutungen zu beruhigen und auf sie aufzupassen.« Er zwinkerte ihr zu, weshalb Beate davon ausging, dass er von Marisella Kleinschmidt sprach. Huber hinter ihm kniff die Augen zusammen, dann deutete er mit zwei Fingern auf Wilkinson und flüsterte: »Keine Sorge, Frau Bürgermeisterin, wir behalten ihn im Blick. Der Chef und ich kümmern uns.«

»Genau«, sagte Wilkinson.

Aus irgendeinem Grund hatte Beate das Gefühl, Huber hatte mit ›Chef‹ einen anderen gemeint. Sie öffnete den Mund, um nachzufragen, doch der Reporter kam ihr zuvor.

»Der Serienmord!«, wandte er sich an Wilkinson.

»So könnte man sagen.« Der Chefinspektor lächelte,

nahm seinen Arm von Beates Schulter und stellte sich dicht vor den Reporter. »Wenn Sie ein Geheimnis für sich behalten können: Ich stehe kurz vor der Aufklärung.« Jetzt zwinkerte er dem Journalisten zu.

»Ich dachte, es gibt keinen Serienmord?«, sagte Beate.

»Wissen Sie«, sagte Wilkinson an den Reporter gewandt, »ein erfahrener Polizist wie ich, der die Karriereleiter mit Riesenschritten genommen hat, der wird auch mit einem Serienmörder fertig. Karriereleiter mit Riesenschritten, schreiben Sie das in Ihren Artikel.«

»Ein Serienmörder fehlt Ihnen noch zur Krönung Ihrer Laufbahn?« Der Journalist hatte sich die Kamera wieder um den Hals gehängt und nach Stift und Papier in der Brusttasche gegriffen.

»Chefinspektor Reichel hat schon zwei Serienmörder gefasst«, murmelte Franziska, was ihr einen säuerlichen Blick von Wilkinson eintrug.

»Meine Herren, ich denke, wir sind heute hier, um das Theaterstück zu genießen«, versuchte Beate das Gespräch wieder in die richtige Richtung zu lenken.

»Freilich.« Der Reporter lächelte ihr zu und wandte sich wieder an Wilkinson. »Können Sie sich vorstellen, dass der Mörder heute möglicherweise erneut zuschlägt?«

Beate hielt inne und sah Franziska an, die ihren Arm drückte. Diese Möglichkeit hatte sie bislang nicht in Betracht gezogen. Was, wenn Marisella noch jemanden ermordete? Oh Gott, musste sie sich Sorgen um Peter machen? Eine Scheidung war eine Sache, aber gleich »bis dass der Tod euch scheidet« …? »Bei dieser Polizeipräsenz!« Wilkinson lachte auf, und Beate war ihm für seine Arroganz sehr dankbar.

»Bei dieser Polizeipräsenz«, wiederholte auch der junge

Huber und deutete wieder mit zwei Fingern von sich selbst auf Wilkinson. Dann drehte er den Kopf, und Beate konnte sehen, dass heute Abend offenbar auch Reichel hier war. In seinem grauen Mantel, den sie seit seiner Pensionierung nicht mehr an ihm gesehen hatte, stand er ganz hinten im Saal und ließ seinen Blick schweifen.

Irgendetwas ging hier vor, und sie war sich nicht sicher, ob es sie beruhigte oder ihr nur noch mehr Furcht einflößte. Schließlich ertönte eine Glocke und alle nahmen ihre Plätze ein.

»Endlich«, flüsterte Beate ihrer Assistentin zu, als das Licht ausging und nur mehr ein Bühnenscheinwerfer den vorderen Teil der Scheune beleuchtete.

Etwa eine Minute lang passierte nichts.

Franziska neben ihr schürzte die Lippen. Das wusste Beate auch ohne es im Dunkeln sehen zu können. Eine weitere Minute verstrich. Jemand hinter ihnen räusperte sich.

Dann drang hektisches Fluchen von hinter der Bühne in den Saal und schließlich stolperte eine junge Frau mit aufgelöstem Zopf und einer Mönchskutte ins Scheinwerferlicht. Beate runzelte die Stirn. Traten die Mönche nicht erst gegen Ende des Stückes auf?

»Ich bin schon dran«, murmelte die als Mönch verkleidete Frau. Sie breitete die Arme aus: »*Zwei Bauernhöfe waren – gleich an Würdigkeit – hier im Jauntal, wo die Handlung steckt, durch alten Groll zu neuem Kampf bereit, wo Bauernblut die Bauernhand befleckt.*«

Beate war fasziniert von den … *Änderungen*, die Gerhard Seiler im Shakespeare-Stück vorgenommen hatte, um es als seine eigene Version ausgeben zu können.

»Für das Austauschen von zwei Wörtern haben wir

dem diese horrende Gage gezahlt?«, flüsterte Franziska ihr ins Ohr.

Sie hätten wohl öfter die Proben beobachten sollen. Das kam davon, wenn man nicht alles selbst machte.

»Genießen wir es, so gut es geht«, flüsterte Beate zurück und verschränkte die Hände im Schoß. Sie würde sich amüsieren, und wenn es sie ihren letzten Atemzug kostete. Den Triumph würde sie Kevin Eisinger nicht gönnen.

Nachdem der Prolog geendet hatte, stellte Beate nach und nach Gerhard Seilers weitere dramatische Änderungen fest. Hauptsächlich bestanden sie in Kürzungen. Der Wiener Regisseur hatte ganze Szenen gestrichen, möglicherweise auch durch Mangel an Darstellern, wie sie im Laufe des Stücks feststellen musste.

Vor allem Romeos Einsatz war drastisch gekürzt worden, was vielleicht auch der neuen Regisseurin Angelika geschuldet war, denn Peter spielte – Beate konnte es nicht anders sagen – grauenhaft.

»Er zeigt immerhin Einsatzbereitschaft«, flüsterte Franziska, die treue Seele, als Peter in der zweiten Szene zum ersten Mal auf die Bühne stolperte.

»Servas!«, schmetterte ihm sein Cousin Benvolio entgegen.

Peter kratzte sich am Kopf.

»Guten Morgen!«, korrigierte Benvolio sich.

Für die Antwort brauchte Peter eine knappe Minute: »Erst?«

Beate schloss die Augen und versank in ihrem Polster. Zwei Sitze weiter konnte sie Kevin Eisinger kichern hören.

›Sie sind nicht wegen Ihres Mannes Bürgermeisterin geworden, sondern trotz.‹ An diese Worte musste Beate denken, während sie seinen Auftritt durchlitt, und wiederholte sie innerlich als Mantra.

Eine Szene lang hatte sie schließlich Zeit zum Durchatmen, in der die schöne Julia gemeinsam mit der Bäuerin Capulet und der Amme eine glänzende Vorstellung gab. Darauf folgte wieder das Grauen in Gestalt von Peter. Und schließlich kam es zum ersten Zusammentreffen zwischen Romeo und Julia, bei dem selbst die schöne Valeria, die gerade eben noch hervorragend gespielt hatte, ziemlich blass wirkte.

»Sie sieht aus, als würde sie ihren Romeo gleich anspeiben«, flüsterte Franziska, und Beate musste ihr recht geben.

Irgendwann huschte wieder der Mönch auf die Bühne, um über die Liebe zu sprechen. Beate rutschte tiefer in ihren Sitz und versuchte, unauffällig auf die Uhr zu sehen.

»*Kann ich von hinnen, da mein Herz hier bleibt? Geh, frost'ge Erde, suche deine Sonne!*«, schrie es vom Bühnenrand her, bevor Peter schwungvoll die nächste Szene einläutete und an einer künstlichen Mauer emporkletterte.

Dabei waren ihm sowohl sein Bauch als auch die Scheide seines Holzschwerts im Weg, was zur Folge hatte, dass er mit einem dumpfen Klatschen wie ein Stein zu Boden fiel. Ein Tablettenröhrchen rutschte dabei aus seiner Jackentasche, kullerte über die Bühne bis zum Rand und fiel – noch während Peter ihm mit »Schurke! Bleib hier!« hinterherhechtete – Kevin Eisinger genau vor die Füße. Der Jungspund beugte sich umständlich hinunter, hob es hoch und warf einen Blick drauf. Das Publikum gab keinen Laut von sich, nicht eine Person hustete oder scharrte mit den Füßen. Diese Sondervorstellung schien mehr zu fesseln als das Bühnenstück.

»›Vorsicht, nicht mit Kopfschmerztabletten verwechseln. Tödlich‹«, las er vor, lachte kurz auf, hielt inne und sah das Döschen entsetzt an. »Tödlich?«

»Das ist nicht für dich«, schmollte Peter. »Das ist für Marisella.«

»Beweisstück a«, donnerte eine Stimme von hinten.

Beate konnte hören, wie das Publikum kollektiv den Atem anhielt.

Der alte Reichel zwängte sich aus den engen Sitzen in der hintersten Reihe hervor, Huber sprang von seinem Platz neben Inspektor Wilkinson auf, und gemeinsam schritten sie mit wehenden Mänteln auf die Bühne zu. »Peter Brandtner, ich nehme Sie wegen des Mordes an Walter Kirschner, Gerhard Seiler und Martin Riedl fest.«

Peter rappelte sich hoch und strich sich eine Haarsträhne aus der Stirn. »Was?«

»Chefinspektor Reichel hat den Serienmord geklärt. Sie waren es«, verkündete Huber fröhlich, sprang auf die Bühne und legte Peter Handschellen an.

»Halt!« Beate sprang auf. Sie wusste zwar nicht, was sie sagen sollte, aber sie hatte das Gefühl, dass sie irgendetwas zur Verteidigung ihres Mannes beitragen musste. Peter konnte doch unmöglich so viele Menschen umgebracht haben.

»Ich war das überhaupt nicht!«, rief er in diesem Augenblick aufgebracht, und Beate atmete auf. »Keine Ahnung, wie der dämliche Martin Riedl die Stiegen hinuntergefallen ist.«

»Sie leugnen also, der Täter zu sein.«

»Aber sicherlich! Ich hab nur den Gerhard und den Walter auf dem Gewissen.«

»Du … was?« Beate setzte sich wieder. Ihre Beine schienen nicht mehr ganz so standfest zu sein. Im Gegensatz zu denen der übrigen Zuschauer: Wer nicht auf seinem Sessel ganz nach vorn gerutscht war und mit offenem Mund zuhörte, sprang auf, um dem Ort des Geschehens näher zu rücken.

»Der Brandtner ein Mörder«, rief einer. »Das kommt davon, dass wir mit diesem Adelspack nicht kurzen Prozess gemacht haben.«

»Ruhe!«, schrie Reichel und wandte sich wieder Peter zu.

Der rief aufgebracht: »Hier erkennt doch keiner, was echtes Talent ist! Der Walter mit seinem Herumgefuchtel?« Trotz der Handschellen versuchte er wild zu gestikulieren. »Der Gerhard, der den Vollkoffer auch noch unterstützt. Und ich als Diener. Als *Diener*? Ich bin Peter *von* Brandtner, und wenn einer die Hauptrolle verdient hat, dann bin ich das!«

Chefinspektor Reichel nickte ernst. »Zu lange sind Sie im Schatten Ihrer fähigen Frau gestanden. Der Trottel, der nichts auf die Reihe bekommt, und das als Gatte einer der klügsten Frauen Lendnitz'.«

Buhrufe von Kevin Eisinger mischten sich mit einzelnem Applaus.

»Genau, ich ... was?« Peter zog die Augenbrauen zusammen.

»Der Mann der Frau Bürgermeisterin ein Verbrecher?« Inzwischen schien Kevin Eisinger verstanden zu haben, was vor sich ging. »Das soll unsere politische Führungsriege sein?«

»Ich geb dir gleich politische Führungsriege vors Schienbein«, drohte Franziska, die offenbar vergessen hatte, dass sie sich in der Öffentlichkeit befanden. Vor potenziellen Wählern. Von denen überraschenderweise zwei riefen: »Jawohl, Diandle, gib's ihm!«

Beate zog ihre Sekretärin auf den Sitz zurück.

»Das können wir vermarkten, das kriegen wir hin.« Franziska befeuchtete ihre Lippen mit der Zungenspitze. »Diese Wahl müssen wir vermutlich aussitzen, da wird nichts zu retten sein.«

»Als ob wir jemals wieder …«, begann Beate, aber Franziska sprach schon weiter, während sie sich Notizen machte: »*Rise like a Phoenix*, wir machen es wie Conchita. Zunächst warten wir. Wir werden Sie als trauernde, aber unbeugsame Politikerin zeigen, die vom Schicksal gezeichnet wurde. Dann, wenn Kevin Eisinger unweigerlich den Haushalt gegen die Wand gefahren hat – da werde ich zur Not nachhelfen«, murmelte Franziska, strich vorige Notizen durch, fügte neue hinzu, »dann erscheinen Sie wieder auf der Bildfläche, um mit Mut und Tatkraft die Probleme in Lendnitz anzupacken. Wie ein Phoenix aus der Asche. Strahlender denn je.« Sie legte den Kopf schräg und sagte: »Sehen wir es positiv: Ohne einen Ehemann, dem wir bei jedem öffentlichen Auftritt einen Maulkorb verpassen müssen, stehen unsere Chancen vermutlich ohnehin besser, gewählt zu werden.«

»Und zu denken, ich hatte eh die Scheidung gewollt.« Beate seufzte.

»Umso besser!« Franziska schrieb hektisch weiter. »Wir datieren die Papiere einfach vor, kein Problem. Sie wollten die Trennung der Öffentlichkeit nicht zumuten. Aber dann, zufällig genau zu Beginn des Wahlkampfs, kommt alles ans Licht. Das wird ein Wahlkampf, der sich gewaschen hat. Frau Bürgermeisterin, wenn Sie dann keine 80 Prozent bekommen, fress ich einen Besen.« Sie rieb sich die Hände.

Beate wurde schwindlig. »Ich brauch einen Schnaps.«

»Lieber Herr … Ehemaliger.« Nun meldete sich auch Chefinspektor Wilkinson zu Wort. »Glauben Sie nicht auch, dass Verhaftungen, Anschuldigungen und Festnahmen nicht mehr in Ihren Aufgabenbereich fallen?«

Das schien Huber anzuzipfen. »Der Chef beweist Pflichtbewusstsein«, sagte er, während er Peter eine Hand auf die Schulter legte und ihn von der Bühne führte. »Im Gegensatz zu gewissen anderen … Chefinspektoren hier im Raum.«

»Huber!« Beide Chefinspektoren sahen den jungen Mann entsetzt an.

Der bekam rote Ohren und zuckte mit den Schultern. »Ist doch wahr, Chef. Sie sind mein Chef. Und zwar ein zehnmal besserer als dieser … Wilkinson.«

Franziska klatschte in die Hände. Diese Assistentin war wirklich von unschätzbarem Wert, dachte Beate. Wie sie sich noch in solch einer Krise auf unterschiedliche Themen konzentrieren konnte.

Der alte Reichel sah seinem Assistenten hinterher, wie er Peter abführte, und Beate meinte, so etwas wie Stolz in seinem Gesicht lesen zu können. Dann wandte er sich an Wilkinson. »Arbeitsteilung. Den Bericht dürfen Sie schreiben.« Damit drehte er sich um und verließ pfeifend die Scheune.

Einen Augenblick sah ihm das gesamte Publikum schweigend nach, dann brach der Tumult los. »Der Brandtner ein Mörder!«

»Der *von* Brandtner!«

»Die haben es doch immer faustdick hinter den Ohren!«

Einige fragten, was denn nun mit dem Stück sei, immerhin habe man neun Euro Eintritt gezahlt.

Kevin Eisinger suchte einen Sicherheitsabstand von etwa fünf Metern zu Franziska, dann stellte er sich auf einen frei gewordenen Stuhl. »Ein Skandal!«, schrie er mit hochgereckter Faust. »Ich fordere die sofortige Absetzung der Bürgermeisterin!«

Seine Parteifreunde ringsum jubelten, das Publikum war in heller Aufregung. Beate nutzte die Gelegenheit, um mit Franziska zum Ausgang zu schleichen.

»Wir machen uns gleich an die Arbeit«, flüsterte ihre Assistentin, »so eine Auferstehung muss gut vorbereitet werden. Wo ist eigentlich Schmiedemeier?«

Beate entdeckte ihren Wahlkampfleiter neben dem Scheunentor: Händeringend – und waren das Tränen in seinen Augen? – stand er in der Menschenmenge, nutzlose Flyer zu seinen Füßen.

Franziska packte ihn am Kragen. »Es gibt YouTube-Videos zu drehen, Schmiedemeier. Und Facebook-Seiten zu kommentieren.«

Beate schwirrte der Kopf. Von überall her konnte sie die Worte »Frau Bürgermeisterin« und »der Mann ein Mörder« hören. Kevin Eisinger fuhr mit seiner flammenden Rede fort: »Will Lendnitz Verbrecher im Amt? Braucht Lendnitz eine Verbrecherin im Amt?«

Mit hochrotem Kopf öffnete Beate das Scheunentor einen Spalt, um sich hindurchzuquetschen.

Da übertönte eine glockenhelle Stimme alle anderen.

»Nun halt die Goschen, hier wird ein Theaterstück gespielt!« Die schöne Valeria stand in der Mitte der Bühne, breitbeinig, die Arme in die Hüften gestemmt, Peters hinuntergefallenes Schwert in den Händen. Ihr feuriger Blick machte sie ganz und gar zum Racheengel, und es dauerte keine 30 Sekunden, da saß das gesamte Publikum wieder ruhig auf seinen Sitzen.

»Meine Damen und Herren«, fuhr Valeria nun so

zuckersüß, wie man sie kannte, fort. Die Zuschauer hingen an ihren Lippen. »Wir haben Ihnen eine Vorstellung versprochen, wir werden Ihnen eine Vorstellung bieten. Angelika, unsere hervorragende Regisseurin wird einspringen. An dieser Stelle möchte ich noch einmal betonen, wie viel besser als Gerhard Seiler sie ihr Handwerk versteht.« Sie lächelte zum Bühnenrand und streckte die Hand aus. »Angelika wird also in einer Hosenrolle den Romeo geben. Ich bitte Sie alle um gebührenden Applaus.« Valeria klatschte in die Hände. »Und nun: erster Akt, dritte Szene. Auf dem Hof der Capulets!« Sie verbeugte sich, trat ab, es wurde dunkel.

Beate verließ mit ihren beiden treuen Begleitern die Eisner-Scheune. »Ich brauche einen Schnaps.«

Valeria wartete auf ihren Auftritt. Sie wusste nicht, weshalb sie so nervös war. Weil Peter als Mörder enttarnt worden war? Um ehrlich zu sein, hatte sie sich schon gedacht, dass es jemand aus der Theatergruppe gewesen war. Umso besser, dass es der furchtbar schlecht spielende Peter war. Marisella, so sehr ihr deren Eifersucht auf die Nerven ging, hatte sie ins Herz geschlossen, und Anna war in ihrer Nervosität auch ganz nett. Seit Daniela ihren Text in Schnipseln auf sämtliche Requisiten geklebt hatte, die sie finden konnte, war auch ihre Darbietung des Tybalts auszuhalten. Und Regina konnte jetzt nicht mehr zu spät kommen, sie stand schon hinter der Bühne, Anna würde sie rechtzeitig nach vorn schubsen.

Weshalb also waren da jetzt diese Schmetterlinge in Valerias Bauch? Den Premierenauftritt hatte sie doch hinter sich. Und auch die schreckliche, schreckliche Kussszene! Jetzt kamen nur Liebesschwüre. War sie so nervös, weil ihr immer und immer wieder gesagt worden war, dass sie Verliebtheit nicht schauspielern konnte? Weil sie *wusste*, dass sie das mit dieser blöden Verliebtheit nicht hinbekommen würde? Vom Bühnenrand aus beobachtete sie das Geschehen und versuchte, ihre Atmung unter Kontrolle zu bekommen.

»*Der Narben lacht, wer Wunden nie gefühlt!*«, klagte Romeo, und Valerias Knie begannen zu zittern. Angelika war ein wunderbarer Romeo, der beste Romeo, den sie je gehabt hatten, und was, wenn sie als Julia …

»Du bist dran!«, zischte in diesem Augenblick Regina hinter ihr. »Meine Güte, ist das so schwer, rechtzeitig auf der Bühne zu stehen?« Sie gab ihr einen kleinen Schubs und Valeria stolperte in ihren Garten. Der Baum mit den blauen Früchten, den Walter Kirschners vierjähriger Neffe gemalt hatte, war inzwischen gegen eine Zimmerpalme ausgetauscht worden. Manuel hatte zur Deko drei Fläschchen Zitronenessenz daran geklebt.

Angelika in Strumpfhosen und Peters übergroßem Hemd stand auf der anderen Seite der Palme. Valeria meinte, ihr Haar riechen zu können. Angelikas Blick traf ihren und Valeria führte eine Hand an ihre Brust.

»*Wär ich der Handschuh doch auf dieser Hand und küsste diese Wange!*«, bat Romeo.

Das Publikum seufzte.

»*Weh mir!*«, rief Valeria und hob die Hände vors Gesicht.

Das Publikum seufzte erneut.

Um sie herum war es dunkel, das Licht der Scheinwerfer zeigte nur sie beide, und die Eisner-Scheune, die ganze Welt verschwand umher. Es gab nur mehr Romeo und Julia.

»*O Romeo, leg deinen Namen ab. Und für den Namen, der dein Selbst nicht ist, nimm meines ganz*!«

Angelika, die eine Hand an ihrem Holzschwert, die andere ausgestreckt, trat näher zu ihr hin. »*Ich nehme dich beim Wort! Nenn Liebster mich: so bin ich neu getauft und will hinfort nicht Romeo mehr sein!*«

Valerias Herz schlug ihr bis zum Hals, und bei den nächsten Sätzen zitterte ihre Stimme. Als Angelika, nein, als Romeo davon sprach, dass der Liebe leichter Schwingen sie, nein ihn, hergetragen hatten, wurden Valerias Knie weich.

»*Du weißt, die Nacht verschleiert mein Gesicht, sonst färbte Mädchenröte diese Wangen.*« Oh, wie wahr der Text ihr schien! Valeria legte eine kühlende Hand auf ihre brennenden Wangen. Die Geste hatte sie unwillkürlich gemacht, doch wieder gingen sehnsüchtige Seufzer durchs Publikum. Valeria versuchte sich zusammenzureißen. Wo war die kühle Gleichgültigkeit der Proben? Jetzt war ihr heiß und kalt zugleich. Sie konnte den Blick von Angelikas dunklen Augen nicht losreißen. »*Sag, liebst du mich?*« Selbst ihre Stimme zitterte. Das Publikum war nun mucksmäuschenstill, man hing an ihren Lippen. Hatte sie ... konnte sie ... war es möglich, dass sie nun endlich verstanden hatte, wie Verliebtheit zu spielen war? Dass sie nun endlich so tun könnte, als ob sie unendlich, unsterblich ... Oh.

Angelikas Blick brannte auf ihrer Haut. »*Gib deinen treuen Liebesschwur für meinen*«, forderte sie als Romeo.

»*Ich gab ihn dir, eh du darum gefleht*«, hauchte Valeria, und hatte vergessen, dass sie nur eine Rolle spielte.

ENDE

D. BÖHME / A. BLEYER
Wer mordet schon
in Kärnten?

978-3-8392-1654-5 (Paperback)
978-3-8392-4585-9 (pdf)
978-3-8392-4584-2 (epub)

»Skurril, witzig, verbrecherisch – ein Freizeitführer mit elf Kriminalfällen, Ermittlern und Tätern, die kein Auge trocken lassen.«

Klagenfurt, Villach, St. Veit, Ferlach, Großglockner, Weißensee, Millstätter See. Kärnten hat wunderschöne Orte, die sich für einen Krimi aufdrängen. Und in diesem Band sucht das Verbrechen Kärnten heim. In 11 spannenden Kurzkrimis lassen die Autorinnen Dorothea Böhme und Alexandra Bleyer skurrile Figuren auf- und andere für immer abtreten. Hier wird gemordet, nicht immer aus reiner Boshaftigkeit oder aus Kalkül, aber immer zur besten Unterhaltung.

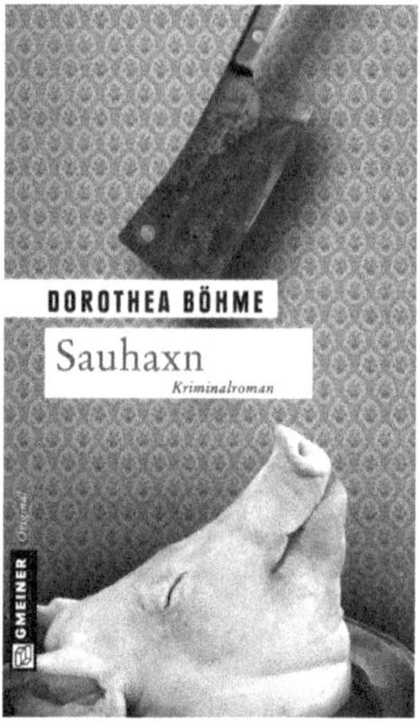

DOROTHEA BÖHME
Sauhaxn

978-3-8392-1328-5 (Paperback)
978-3-8392-3977-3 (pdf)
978-3-8392-3976-6 (epub)

»Dorothea Böhme stürzt ihren Helden von einer Misere in die nächste. Große Unterhaltung ganz im Zeichen des schwarzen Humors!«

Johann Mühlbauer ist Kochlehrling in Lendnitz, einem idyllischen Dorf in Kärnten. Sein Leben könnte viel einfacher sein, wenn er nur ein bisschen so wäre wie sein großes Vorbild Bruce Willis. Doch leider meint es das Schicksal nicht gut mit ihm. Johann stolpert über Leichen wie andere über Steine. Erst findet er seinen enthaupteten Chef, dann folgt eine Leiche auf die andere. Eigentlich kann ihm jetzt nur noch Bruce Willis helfen.

MANFRED BAUMANN
Mozartkugelkomplott

978-3-8392-1773-3 (Paperback)
978-3-8392-4809-6 (pdf)
978-3-8392-4808-9 (epub)

»Dieser Krimi ist wie eine Mozart-Sinfonie: heiter, verspielt, galant, dann wieder bedrohlich, düster, rätselhaft, und stets reich an überraschenden Wendungen …«

In der Hand eine Mozartkugel. Auf dem Kopf eine Mozartperücke. So liegt der Schauspieler Jonas Casabella, splitternackt und tot, in Mozarts Geburtshaus. Dieser bizarre Anblick ist nur der Anfang einer Serie rätselhafter Ereignisse mit zwielichtigen Personen, denen sich Kommissar Merana gegenübersieht: rivalisierende Zuckerbäcker, profittreibende Musikmanager, verzweifelte Wunderkinder, erpresserische Fädenzieher. Und auch Meranas Herz wird im Lauf der Ermittlung eine tiefe Wunde zugefügt.

GMEINER SPANNUNG

WWW.GMEINER-VERLAG.DE
Wir machen's spannend

MARTIN MUCHA
Liebessiegel

978-3-8392-1752-8 (Paperback)
978-3-8392-4767-9 (pdf)
978-3-8392-4766-2 (epub)

»Arno Linder jagt den Mörder seiner Jugendliebe. Seine Frau darf davon nichts ahnen, die Polizei davon nichts wissen und der Mörder davon nichts merken.«

Arno Linder ist am Ziel seiner Träume angekommen. Er ist endlich Professor, er ist verheiratet und seine Laura erwartet ein Kind. Die schlimmen Tage scheinen hinter ihm zu liegen und allem kann er widerstehen – bloß der Versuchung nicht … Die steht in Form seiner alten Jugendliebe Kaede Yoshikawa unerwartet vor der Tür. Als diese plötzlich die Stadt verlassen muss kann Arno aufatmen – doch nur kurz. Kaede wird ermordet und Arno versucht, ohne das Wissen seiner Frau und der Polizei, den Mörder zu entlarven.

CLAUDIA ROSSBACHER (HRSG.)
Wer mordet schon in der Steiermark?

978-3-8392-1775-7 (Paperback)
978-3-8392-4813-3 (pdf)
978-3-8392-4812-6 (epub)

»Wo Schilcher, Kernöl und reichlich Steirerblut fließt. Herausgeberin Claudia Rossbacher und zehn ortskundige Komplizen morden sich gnadenlos durch die Steiermark.«

Elf einschlägig vorbelastete Schreibtischtäter haben sich auf die Steiermark eingeschossen. Die exklusive Mischung reicht von Steirern über Wahl- und Exilsteirer bis hin zu jenen Autoren, die einen ganz persönlichen Bezug zu Österreichs grünstem Bundesland aufweisen.

Sie alle erzählen kriminelle Kurzgeschichten und geben wertvolle Freizeittipps. Ihre mörderischen Spuren führen von der Landeshauptstadt Graz kreuz und quer durch die steirische Provinz.

GMEINER SPANNUNG

WWW.GMEINER-VERLAG.DE
Wir machen's spannend

Das Neueste aus der Gmeiner-Bibliothek

Unsere Lesermagazine

Bestellen Sie das kostenlose KrimiJournal in Ihrer Buchhandlung oder unter www.gmeiner-verlag.de

Informieren Sie sich ...

www ... auf unserer Homepage:
www.gmeiner-verlag.de

@ ... über unseren Newsletter:
Melden Sie sich für unseren Newsletter an unter www.gmeiner-verlag.de/newsletter

f ... werden Sie Fan auf Facebook:
www.facebook.com/gmeiner.verlag

Mitmachen und gewinnen!

Schicken Sie uns Ihre Meinung zu unseren Büchern per Mail an gewinnspiel@gmeiner-verlag.de und nehmen Sie automatisch an unserem Jahresgewinnspiel mit »mörderisch guten« Preisen teil!